Meta von Salis-Marschlins

Philosoph und Edelmensch

ein Beitrag zur Charakteristik Friedrich Nietzsches

Meta von Salis-Marschlins

Philosoph und Edelmensch
ein Beitrag zur Charakteristik Friedrich Nietzsches

ISBN/EAN: 9783743403185

Hergestellt in Europa, USA, Kanada, Australien, Japan

Cover: Foto ©Raphael Reischuk / pixelio.de

Manufactured and distributed by brebook publishing software
(www.brebook.com)

Meta von Salis-Marschlins

Philosoph und Edelmensch

Philosoph und Edelmensch.

Ein Beitrag zur Charakteristik

Friedrich Nietzsche's

von

Meta von Salis-Marschlins,
Dr. phil.

LEIPZIG

Druck und Verlag von C. G. Naumann

1897.

„Was er dort oben schaut, ist ein neues Bild des Menschen, — zunächst des weisen Menschen, der sich über die Moral, „Gut — Böse" (über unsere Moral) erheben darf, weil er aus zu edlem Blute stammt, zu geistig und seiner selbst zu sicher ist, um die beschränkende Aussicht und den Fanatismus des sich moralisch erst bindenden Menschen noch nöthig zu haben."

(Peter Gast in Elisabeth Foerster-Nietzsche's: Leben Friedr. Nietzsche's II, 1, S. 279.)

„Nichts liegt mir entfernter als Proselyten zu machen: Niemand hat so wie ich vor dem Gefährlichen des Freien Geistes gewarnt und zurückgeschreckt."

(Ebenda, S. 303, Friedr. Nietzsche an Baron Seydlitz.)

EINLEITUNG.

Der grossen Schlammwelle der Demokratisirung, die sich zu Anfang unseres Jahrhunderts in Bewegung gesetzt und zur Stunde Europa nahezu überfluthet hat, beginnt eine Gegenwelle der Aristokratisirung sich langsam entgegenzustemmen. Wie es in der Natur derselben liegt, nicht durch die Massen herrschen zu wollen, so fällt es ihr auch nicht ein, sich an die Massen zu wenden. Ihre Herolde berufen die Wenigen, Wenigsten, die ihnen verwandten Geister zum Kampfe gegen die Götterfratzen des Tages: den demokratischen Staat, die Vermittelmässigung der Intelligenz, das Aushängen des Charakters. Sie wissen sehr wohl, dass das Glück des Anbruchs eines aristokratischen Zeitalters in weiter Ferne liegt und sie vielleicht nur berufen sind, die Fahne unverletzt durch den Kampf zu tragen, die erst späte Erben zum Siege führen wird.

Die Begriffsverwirrung über die Aristokratie, die ein Friedrich Nietzsche verkündigt und in seiner Person und seinem Leben verwirklicht hat, ist im gegenwärtigen Zeitpunkt — nachdem es mit der langen Gleichgültigkeit gründlich zu Ende ist — eine geradezu ungeheuerliche. Vermeintliche Bekenner und unverkennbare Feinde scheinen sich die Hand reichen zu wollen, um das Missverständniss immer undurchdringlicher zu machen. Je schiefer eine Auffassung, je haltloser ein Vorwurf, je tiefer fassen sie Wurzel und die von gewissen Seiten verbreiteten falschen Gerüchte haben sich so eigensinnig festgewurzelt, dass es für den Unbefangenen schwer wird, sich zurechtzufinden.

Eine Erscheinung, die mir in einzelnen Gegenden der Schweiz von Jugend auf bekannt und possirlich war, darin bestehend, dass fast jeder der Partikel „von" Entbehrende auf das Wort Adel und alles damit Zusammenhängende wie der Stier auf das rothe Tuch reagirt, tritt dem Nietzschischen Aristokratismus gegenüber nun auch im Ausland zu Tage. Ohne zu prüfen, was derselbe im Munde seines Verkündigers bedeutet, verwechseln ihn die Einen mit dem früheren Begriff des Adels, die Anderen mit dem der besitzenden Klassen von heute. Die Bestimmung des Typus in Nietzsche's Schriften ist für sie anscheinend nicht vorhanden.

Was aber legen erst Anhänger und Jünger dem Philosophen unter! Wenn ich einige seiner schönsten und tiefsinnigsten Worte einzelnen Vertreterinnen der Frauenbewegung zur Heiligsprechung unlauterer Begierden dienen sehe, wenn eine politische Parthei, weil sie die Brutalität durch die Proklamation eines Rechtes auf Ausschweifung einbürgern will, als „Herrenmoral" übend· gefeiert wird, dann gedenke ich wehmütig des vorsichtigen Zögerns, mit welchem Nietzsche Alle in's Auge fasste, die sich ihm näherten, oder vielleicht später nähern würden. Wie viele derer, die sich jetzt mit seinem Namen brüsten, sind sich bewusst, dass sein Edelmensch auf den Prämissen guten Blutes, strenger Zucht und einer Kette von Überwindungen fusst?

Gewiss, Nietzsche's Schriften sind gefährlich — gefährlich, wie alles Starke, Ausserordentliche, Neue, sei

es die Bibel, oder Goethe, Shakespeare oder Michel
Angelo. Sie sind gefährlich für die Halben und Rohen
und Zuchtlosen und Alle, in deren Hände kein Buch,
am wenigsten ein starkes und gutes Buch gehört, wenn-
schon auch für diese minder von Übel, als manches
gepriesene Werk der Mittelmässigkeit. Seit Millionen
Menschen unterschiedslos sich und Anderen zum Fluch
lesen und schreiben lernen, sollte man billig die Gefahr,
die auch das Beste, falsch verstanden, mit sich bringt,
aus dem Spiel lassen. In den Händen der Viel-zu-Vielen
hat Nietzsche seine Bücher nie zu sehen gewünscht.
Nietzsche hat im letzten Abschnitt seiner Schaffens-
periode noch weniger mit Menschen verkehrt, als früher.
Ein annähernd richtiges Bild von ihm in jener Zeit können
sich nur die machen, die zu diesen Ausnahmen zählten.
Weil aber Nietzsche — darin so verschieden von den
späteren Philosophen — als Mensch das war, was er als
Denker formulierte, ist die Kenntniss seiner Persönlichkeit eine wesentliche Voraussetzung zum Verständniss
seiner Ideen. Es ist nicht Zufall, dass er sich häufig mit
der Geschmacksrichtung der alten Philosophen begegnete,
so in der Vorliebe im Gehen zu concipieren und zu
lehren mit den Peripatetikern, im einsamen Leben mit
Heraklit, in der einfachen Diät mit Epikur. An die
vorplatonischen Philosophen der Griechen, die er uns
lebensvoller und erschütternder gezeichnet hat,[1] als
irgend Einer vor ihm, reiht sich nach einer Lücke von
über zwei Jahrtausenden seine eigene Gestalt. Die Philosophieprofessoren, von denen mancher zur Philosophie
kommt, wie ein Mann zu seiner Frau — d. h. aus allen
möglichen Gründen eher als aus Liebe — stehen in

---

[1] Friedrich Nietzsche's Werke, X, S. 1—130.

keinem Zusammenhang mit solchen Riesenerscheinungen.
Sie sind solide Staatsbürger, die Weib und Kind haben,
äussere Ehren geniessen und sich vortrefflich in die
bestehenden Verhältnisse finden. Mitleidig fragen sie,
warum sich Nietzsche so gute Dinge habe entgehen
lassen und leiten den tragischen Abschluss seines Wirkens
daraus ab. Näher als sie alle und näher als ihnen allen
steht Nietzsche Heraklit.

Angesichts dieser Sachlage ist es für Jeden, der
Nietzsche nach 1879 näher kannte, beinahe Pflicht,
Zeugniss über ihn abzulegen. Seine Schwester ist mit
dem Beispiele einer intimen Biographie vorangegangen
und hat in den beiden davon erschienenen Bänden ein
Meisterstück liebevoller, stark subjektiver, wahrhaftiger
Schilderung geschaffen. Subjektiv ist auch meine Schrift.
Ich habe mich gar nicht bemüht, sie anders zu halten.
Soll sie doch eben darthun, dass Nietzsche stark auf
mich gewirkt hat und möglichst deutlich machen, was
ich in ihm gesehen habe und welche Bedeutung ihm als
Edelmenschen und Philosophen des Aristokratismus in
meinen Augen für den Theil Menschheit, der einer
Zukunft werth ist, zukommt.

I.

In einem meiner Collectaneenhefte aus der Universitätszeit steht der Eintrag: „Zürich, den 14. Juli 1884, Morgens $^1/_2$9 bis $^1/_2$11 Uhr Besuch Friedrich Nietzsche's." Am Tage vorher war ich der Einladung von Bekannten auf eine ländliche Besitzung an den Grenzen des Kantons gefolgt. Mit dem frühen Abendzug nach der Stadt zurückgekehrt, fand ich folgende Zeilen zu Hause vor: „Mein verehrtes Fräulein, angenommen, dass Sie wissen, wer ich bin, dürfen Sie sich nicht wundern, wenn ich wünsche, Ihre Bekanntschaft zu machen. Ich werde einige Tage in Zürich bleiben, Hôtel Habis: geben Sie mir, wenn ich bitten darf, ein Wort der Mittheilung dahin über das Wann? und Wo? eines Zusammentreffens. — Ihr ergebener Diener Prof. Dr. Nietzsche. — Piora bei Airolo, bei der Abreise." —

Neben dem Brief lag Nietzsche's Karte. Nach seiner Berechnung musste ich am Morgen in den Besitz des Briefes gelangt sein, wesshalb er mir im Lauf des Tages einen Besuch hatte machen wollen. Ungewiss, wie lange sein Aufenthalt in Zürich dauern würde und nicht Willens, seine persönliche Bekanntschaft zu verscherzen, nahm ich gleich eine Droschke, um nach seinem Hôtel zu fahren. Auf der Bahnhofbrücke sah ich Fräulein v. Sch. im Gespräch mit einem Fremden langsam in meiner Richtung kommen. Weil sie im Frühling vorher in Nizza viel mit Nietzsche verkehrt hatte, durfte ich sicher annehmen, dass er es war, mit dem sie einen Spaziergang machte. Ich stieg aus; wir wurden einander vorgestellt und verabredeten, dass er am folgenden, für mich collegfreien Vormittag zu mir kommen sollte. Es waren ungebührlich heisse Tage damals: Luft und Himmel gleissten und glänzten vom Morgen bis zum Abend und auf dem See lag es wie funkelnde Lichterchen. Meine Wohnung oben in Fluntern, mit ihren Fenstern nach dem grünen Vorgärtchen auf Nord- und Westseite erfreute sich wenigstens Morgens etwelcher Kühle und gedämpfter Helligkeit. Nietzsche, dessen schonungsbedürftige Augen- und Kopfnerven unter Hitze und grellem Licht intensiv litten, empfand dies als wohlthuend. Wir blieben gegen zwei Stunden im Gespräch beisammen.

Obwohl nie zuvor in persönliche Berührung getreten, gehörten Nietzsche und ich doch einem Kreise von Menschen an, dessen einzelne Mitglieder mehr von einander wissen und sich näher stehen, als manche, die täglich zusammen leben. In diesen Kreis war ich eingetreten, als ich den Winter 1878/79 bei Fräulein Malwida von Meysenbug, der Verfasserin der Memoiren einer Idealistin, in Rom zubrachte, nachdem ihr merkwürdiges Buch mächtig auf mich gewirkt und mich veranlasst hatte, zunächst schriftlich mit ihr zu verkehren.

Fräulein v. Meysenbug war Nietzsche in herzlicher Freundschaft zugethan geblieben, auch nachdem sich seine Abkehr von Richard Wagner vollzogen hatte. Sie sprach mit leuchtenden Augen von den im Winter vorher mit ihm, Dr. Rée und Dr. Brenner in Sorrent verlebten Monaten, aber seiner neuen philosophischen Richtung stand sie eigentlich fern.

Hätte ich mich zu jener Zeit auf die Anregung der „Idealistin" hin in Nietzsche's Schriften vertieft, oder wäre mit ihm zusammengetroffen, so wäre eine Verständigung kaum möglich gewesen. Blödes Nachbeten und blinde Verehrung, oder oberflächliche Verurtheilung sind bei diesem Philosophen am wenigsten am Platze und wozu sonst hätte ich es mit 23 Jahren und höherer Töchter-Vorbildung gebracht?[1]) Ich habe Ursache, meinem Schicksal zu danken, dass es mich vor einer verfrühten Bekanntschaft bewahrte.

Durch Fräulein von Meysenbug's Vermittlung gelangte ich im Frühjahr 1879 als Erzieherin der einzigen Tochter in das Haus einer Deutsch-Russin, die in Naumburg an der Saale lebte, um ihren am dortigen Gymnasium und dem in Schul-Pforta studierenden Söhnen nahe zu sein. Die Baronin W. war eine ungewöhnlich schöne, anmuthige, noch junge, aber durch Leiden schwer heimgesuchte Frau, die neben klarem Verstand und viel musikalischer Begabung ein feines Verständniss für die schaffenden Geister der Zeit besass und bei allem warmen Enthusiasmus massvoll im Urtheil und empfänglich für neue Eindrücke blieb. Das Harmonische ihres Wesens strahlte auf ihre ganze Umgebung über: Keiner, der in ihren intimeren Kreis trat, entzog sich ihrem Zauber.

In dem reizend gelegenen, stillen Naumburg lebten auch Friedrich Nietzsche's Mutter und seine einzige, damals noch unverheirathete Schwester. Sie gehörten zu Frau von W.'s Bekannten. Als ich im Mai 1879 in Naumburg eintraf, war die Schwester eben im Begriff, nach Basel zu reisen, um den Haushalt des kranken, aus seinem

---

[1]) F. Tönnies theilt uns mit, dass er zwischen seinem 16. und 20. Lebensjahr für Nietzsche geschwärmt habe und greift ihn jetzt als Apostel des Kapitalismus an! (S. Nietzsche-Cultus, S. V; 98; 104—5 u. a.)

Amt geschiedenen Bruders aufzulösen. Ich sah sie nur einmal und flüchtig; der Gedanke an den geliebten Bruder verliess sie nicht und Thränen standen in ihren Augen. Noch war es ungewiss, ob Basel eine Pension aussetzen würde, weil die Leistung nicht gesetzlich vorgeschrieben ist, und die opferbereite Schwester erklärte sich entschlossen, ihr Jahreseinkommen dem Kranken zu überlassen, wenn sie ausbleiben sollte, und eine Stelle anzunehmen. Sie ging dann von Basel weg nach der französichen Schweiz und folgte, als jenes seiner Ehrenpflicht bereitwillig nachkam und Nietzsche's Zukunft ökonomisch sicher stellte, der Einladung einer Freundin nach Graubünden, wo ich sie im Februar 1880 vorübergehend in Chur wiedersah.

Im Hause Weingarten 18, wo Frau Pastor Nietzsche, die Mutter des Philosophen wohnte, verkehrten W.'s und ich ziemlich viel. Die auffallend jugendlich gebliebene, heitere Wittwe erzählte gern von ihren abwesenden Kindern und ihr Frohsinn hatte manche harte Probe zu bestehen, wenn die Nachrichten über den Sohn wieder und wieder wenig hoffnungsvoll klangen. Als der Leidende im Spätjahr aber berichtete, dass er den Einfluss der Heimat auf seinen Gesundheitszustand probieren wolle, begrüsste sie die Aussicht, ihn selber pflegen zu können, trotzdem das für sie mit allerhand neuen Sorgen verknüpft war, mit mütterlicher Opferfreudigkeit.

Nietzsche kam, war jedoch in jenen Wintermonaten so krank, dass ihn trotz des warmen Interesses, welches Frau v. W. für ihn bezeugte, mit Ausnahme des ältesten Sohnes Niemand aus unserem Hause zu Gesicht bekam, wenn wir seiner Mutter Besuch machten. Die Baronin W. hat ihn überhaupt nur einmal gesehen und gesprochen, als sie im Sommer darauf ihre letzte Reise nach dem

Süden antrat und er auf den Bahnhof kam, um sie zu begrüssen. Wiederholt gedachte sie hernach seiner wundervollen Augen, deren Glanz und Intensität die hochgradige Kurzsichtigkeit so wenig Eintrag that, dass sie den Eindruck davontrug, er habe auf dem Grunde ihrer Seele gelesen.

In Naumburg, wo ein Interesse für Nietzsche's geistige Entwicklung nicht vorhanden gewesen war, soweit sie nicht von äusseren Erfolgen begleitet erschienen, erweckten die qualvollen Körperleiden des berühmten Mitbürgers allgemeine Theilnahme. Trotzdem blieb er fast ganz für sich und hat besonders daran eine schmerzliche Erinnerung bewahrt, dass seine Augen wochenlang auf das erbarmungslose Weiss endloser Schneefelder fielen, wenn er ausging. So erzählte er mir, als wir davon sprachen, dass wir einen Winter lang in derselben Stadt gelebt hatten. „Ich habe Sie gesehen", meinte er und verbesserte sich: „gehört", als ich verneinte. Sein schwaches Gesicht war zum Theil durch ein um so feineres Gehör ersetzt, dessen stellvertretende Rolle sich dann in der Erinnerung verwischte, weil der Ton ihm offenbar genügte, um sich ein Bild zu machen. Warum der Zwinger und die Gärtnerei aufgegeben wurden, berichtet Frau Dr. Foerster an seinem Ort.[1])

Durch die Erzählungen von ehemaligen Freunden und von seinem späteren Schwager, Dr. Bernhard Foerster, der mit dem Kranken hie und da, bei Frau von W. während seiner Anwesenheiten in Naumburg fast täglich verkehrte, gewann die Gestalt des Menschen Nietzsche früher bestimmte Umrisse für mich, als die des Denkers. Sehr deutlich schwebt mir unter vielem Anderen vor,

---

[1]) Das Leben Friedrich Nietzsche's, II, 1. Abth., S. 335.

dass sein Kopfleiden schon damals von Einzelnen auf here-
ditäre Belastung zurückgeführt werden wollte und dass
wir uns von der Grundlosigkeit dieser Ausdeutung gleich
an bester Quelle überzeugten.

Anfangs 1880 kehrte ich in meine Heimat zurück;
Frau v. W. siedelte nach Venedig über, wo ich mich im
folgenden Herbst wieder mit ihr vereinigte. Hier wohnte
einer der frühesten und treuesten Anhänger Nietzsche's
und bis heute sein bester Interpret, wie das dieser Arbeit
vorgesetzte Motto beweist, Herr Peter Gast. Der junge
Musiker führte in der Lagunenstadt ein Sonderlingsdasein;
es gelang der Baronin W. nicht, seiner habhaft zu werden,
und als er ihr dann im Sommer 81 in Nietzsche's Auftrag
die „Morgenröthe" überreichen sollte, war sie schon zu
krank, um ihn zu empfangen. Dafür kam ein Schützling
von ihm und Verehrer Nietzsche's, ein dalmatinischer
Maler, oft in unser Haus, weil er meine Schülerin malte
und später im Zeichnen unterrichtete.

Während der langen Vormittagssitzungen in unserem
farbenwarmen salotto über dem Canal grande ist zwischen
mir und Herrn R. oft von Nietzsche und seiner Philosophie
die Rede gewesen. Der Maler kannte ihn auch persönlich: selber ein überaus sensitiver, einsamer Mensch hatte
der Zauber von Nietzsche's Wesen in seiner Mischung
von Zartheit und Strenge mächtig auf ihn gewirkt. „Der
würde Ihnen gefallen," sagte er eines Tages, nachdem
er aus unseren mannigfachen Gesprächen die Ueber-
zeugung gewonnen haben mochte, dass ich nicht leicht
zu befriedigen sei.

Herr R. war es, der mir nun der Reihe nach Nietzsche's
Schriften brachte. Ich hatte den Eindruck, in eine neue
Welt einzutreten, die mich mehr und mehr fesselte; die
Schönheit der Sprache trug zu dieser Wirkung unleugbar

erheblich bei. Meinem Blicke eröffneten sich bedeutende, noch nicht absehbare Perspectiven. Bei der „Unzeitgemässen Betrachtung" über Schopenhauer hemmte mich ein altes Vorurtheil gegen diesen Philosophen, „Ueber den Nutzen der Historie" entzückte mich und über „Menschliches, Allzumenschliches" erhob sich ein Streit widerstrebender und wechselnder Empfindungen in meiner Seele.

Ungeduldig sah ich der „Morgenröthe" entgegen, die erst im Herbst, in einer neuen Umgebung, im Angesicht neuer Aufgaben in meine Hände gelangte. Das Buch entsprach meiner damaligen Stimmung und Aufnahmefähigkeit am besten von allen bis dahin erschienenen und begleitete mich bald darauf nach England, wo es mir während den zwanzig Monaten eines selbstverhängten Exils ein Tröster und Hoffnungsspender war. Das Studium der modernen englischen Philosophen und Nationalökonomen, insonderheit Herbert Spencer's, diente mir zur Probe auf's Exempel. Die Betonung des altruistischen Princips, des Hedonismus, des grösstmöglichen Glücks der grösstmöglichen Menge, verglichen mit dem Charakter der inneren und äusseren Politik des Inselvolks schärften meinen Blick für die Zweifelhaftigkeit des utilitarischen und der ihm verwandten Bekenntnisse.

Freunde, die im Frühling 1883 in Rom mit Nietzsche zusammengetroffen waren, berichteten von einer erfreulichen Besserung in seinem Befinden, trotzdem ihm auch die letzten Jahre viel Schweres auferlegt hatten. Als ich im Herbst auf der Rückreise von England in Naumburg zu Besuch war und bei dieser Gelegenheit die Freude hatte, seine Schwester wiederzusehen, erfuhr ich das Nähere. Es war die Rede davon, dass er mich, wenn er das Engadin verliesse und in meiner Nähe vorüber-

reiste, besuchen sollte, doch wurde der Plan nicht aus-
geführt.

Im Oktober desselben Jahres bezog ich zugleich mit
Fräulein von Sch. die Universität in Zürich. Im Frühling
84 besuchte Fräulein von Sch. auf Veranlassung der
gemeinsamen Freundin in Rom, von Genua aus, den
philosophischen Einsiedler in Nizza. Ihr sprudelnder
Humor that dem Fürsprecher des Lebens und Lachens
wohl. Mir aber leuchtete im Sommer in die unvermeid-
liche Dürre der Examensstoffe die stärkende Poesie der
ersten drei Theile des „Zarathustra".

II.

Welchen Eindruck hat Nietzsche am 14. Juli 1884
auf mich gemacht?

Er selber pflegte in Beziehung auf Oertlichkeiten zu
sagen, es müsse für Jeden ein optimum geben, welches
für ihn Sils-Maria darstellte. Ich denke, es hat Jeder
auch seine optima an Erlebnissen, wo es sich um Menschen handelt. Für mich ist dieses optimum in einer
Richtung durch Nietzsche verkörpert worden, was viel
heissen will, weil ich im Umgang mit Männern und
Frauen verschiedener Völker verwöhnt bin. Halkyonier,
wie er sich bezeichnend nannte, sind die Zeiten unseres
Zusammenseins für mich halkyonische gewesen, geeignet,
einen vergoldenden Schimmer über den Rest meines Lebens
zu verbreiten.

Schon der erste Eindruck war keinem früher
empfangenen vergleichbar. Das Fremdartige, Nicht-

Deutsche des Gesichtes stimmte zu dem anspruchslosen, gar nicht den deutschen Professor verrathenden Auftreten. Ein starkes Selbstbewusstsein machte die Pose überflüssig. Der Mann, der in der Eitelkeit ein Residuum, von Sklaventhum erkannte — „Es ist der Sklave im Blute der Eitlen, ein Rest von der Verschmitztheit des Sklaven, welcher zu guten Meinungen über sich zu verführen sucht; es ist ebenfalls der Sklave, der vor diesen Meinungen nachher sofort selbst niederkniet, wie als ob er sie nicht hervorgerufen hätte. — Eitelkeit ist ein Atavismus“, sagt er in „Jenseits von Gut und Böse“[1] — hatte nichts von den bekannten spiessbürgerlich-gespreizten Gelehrten-Allüren. Eine leise Stimme voll Weichheit und Melodie und die sehr ruhige Sprechweise machten im ersten Augenblick stutzig, ungefähr wie Gladstone's feines Organ, wenn man ihn zum ersten Mal im Unterhause hörte. Erhellte ein Lächeln sein durch vielen Aufenthalt in freier Luft im Süden broncirtes Gesicht, so gewann es einen rührend kindlichen, Theilnahme heischenden Ausdruck. Der Blick erschien meist nach innen gewandt, wie wir es an Statuen griechischer Götter gewahren, oder aus der Tiefe heraus suchend nach Etwas, worauf zu hoffen er beinahe aufgegeben hatte, immer aber waren die Augen die eines Menschen, der viel gelittten hat und, trotzdem er Sieger geblieben ist, schwermüthig über den Abgründen des Lebens steht. Unvergessliche Augen, leuchtend von der Freiheit des Ueberwinders, anklagend und trauernd, dass der Sinn der Erde und ihre Schönheit in Widersinn und Hässlichkeit verkehrt wurden.

Wovon sprachen wir doch? Von Hitze und Gewitter-

---

[1] Aph. 261. Vgl. auch: Leben Friedrich Nietzsche's, II, 1. Abth., S. 188; „Das Pathos der Attitüde gehört nicht zur Grösse; wer Attitüden überhaupt nöthig hat, ist falsch.“ —

luft, gemeinsamen Freunden und uns beiden wohlbekannten Orten, kurz, von Dingen, wie sie bei einem ersten Zusammentreffen Zweier, die von einander wissen, zur Sprache zu kommen pflegen. Nietzsche fragte, warum ich den Dr. zu machen beabsichtige, und ich erklärte, dass ich dem Titel für mich selber zwar wenig Bedeutung beilege, im Interesse der Frauenfrage jedoch nicht von der Universität abgehen möchte, ohne ihn erworben zu haben. Später schweiften wir vom Herkömmlichen ab, d. h. Nietzsche sprach von seinen geistigen Interessen und ich hörte zu. Eine Aufzeichnung jenes Tages erinnert mich, dass er zwei seiner Lieblingsgedanken berührte. Der erste war der, dass der Mensch nur den kleinsten Theil seiner Möglichkeiten kenne, entsprechend dem Aphorismus 335 in „Morgenröthe", mit dem Schlusssatz: „Was wissen wir, wozu uns Umstände treiben könnten!" — Aphorismus 9 in der „Fröhlichen Wissenschaft": „Wir haben Alle verborgene Gärten und Pflanzungen in uns; und, mit einem anderen Gleichnisse, wir sind Alle wachsende Vulcane, die ihre Stunde der Eruption haben werden: — wie nahe aber oder wie fern diese ist, das freilich weiss Niemand" — und Aphorismus 274 in „Jenseits von Gut und Böse": „Es sind Glücksfälle dazu nöthig und vielerlei Unberechenbares, dass ein höherer Mensch, in dem die Lösung eines Problems schläft, noch zur rechten Zeit zum Handeln kommt — „zum Ausbruch", wie man sagen könnte. Es geschieht durchschnittlich nicht, und in allen Winkeln der Erde sitzen Wartende, die es kaum wissen, inwiefern sie warten, noch weniger aber, dass sie umsonst warten." — Der zweite betraf die Musik, die seiner Ansicht nach ebensosehr vom Charakter einer Culturepoche bestimmt wird, wie die übrigen Künste und die Wissenschaften. Eine ganze Reihe von Aphorismen beweist, wie eingehend Nietzsche der Begründung desselben nachgegangen ist.[1]) Dass Nietzsche im Gespräch gern bei dem verweilte, was ihn beschäftigte, fand ich in der Folgezeit bestätigt. Er sprach besser und fesselnder, als irgend Jemand, den ich kannte, vermied die gewöhnlichen Dinge aber keineswegs, sondern verlieh ihnen Bedeutung durch seine ganz individuelle Betrachtungsweise und bediente sich für höhere Gedankengänge ebensowenig gesuchter Ausdrücke, als er für alltägliche Gegenstände in ein nachlässiges Jargon verfiel. Dialektsprechen war ihm zuwider (wie mir) und er hat den glänzenden Beweis geliefert, dass eine Verdünnung und Auswischung der Sprache durch die Kraft der Gedanken und die Feinheit der Empfindungen sicherer vermieden wird, als durch den Dialekt. Wie viele unserer Feuilletonisten und Leitartikelschreiber sind aus einer Umgebung hervorgegangen, in der nur Dialekt gesprochen wird und bemächtigen sich lebenslang keiner dialektfreien Sprache, ohne dass sich darum eine Spur grösseren Reichthums und Flusses in ihren schriftlichen Auslassungen nachweisen liesse!

Zum Abschied nahm Nietzsche meine beiden Hände in die seinen und äusserte den Wunsch, dass wir uns wiedersehen möchten. Soviel ich weiss, verliess er Zürich am folgenden Tag.

Eine Abschweifung persönlicher Art ist hier vonnöthen, um das Verhältniss zwischen Nietzsche und mir verständlicher zu machen.

Bis vor Kurzem hat der Graubündner ein individuell besonders stark ausgeprägtes Wesen besessen. Seitdem das intellektelle und soziale Proletariat im schweizerischen

---

[1]) Jenseits von Gut und Böse, Aph. 245, 255 und 256 und a. a. O.

öffentlichen Leben massgebend geworden ist und die
Büreaukratie im Gefolge der Centralisation auch in unserem
Kanton ihren unheilvollen Einzug gehalten hat, tritt das
Eigenartige der Lebensanschauung und -führung mehr
und mehr zurück. Der aus einer glücklichen Mischung
entstandene, durch die geographischen und politischen
Verhältnisse früher kräftig erhaltene rhätische Typus ver-
kümmert . . . der minderwerthige des schweizerischen
Alamannen verbreitet sich. Das Knorrig-Aechte: die
stolze Fähigkeit, arm zu sein und trotzdem, vielleicht
eben deshalb, vornehm; der weite Blick des Grenzland-
bewohners, über Zäune und Grenzen hinweg, geht verloren
und wird bei der heranwachsenden Generation schon ver-
schwunden sein.

Ich freue mich, dass meine Jugend noch nicht in die
Periode der Verflachung und Verweichlichung fiel, dass
mein Auge noch an manchem unerschütterlichen Vertreter
seiner Ichheit gehaftet hat und ich mit gierigen Nüstern
die stärkende Luft der Familientraditionen athmen durfte.
Ich rechne mir's zur Auszeichnung, dass ich zum Theil
dem alten Graubünden, zum Theil meinem Stammland
Italien angehöre, mit welchen beiden mich ein unverkenn-
barer Atavismus verbindet. Das moderne Graubünden
spricht zu meinem Herzen nur durch die leidenschaftlich
geliebte Scholle der Vätererde, seine unverwüstlich grossartige, nicht zu nivellirende Natur und den Rest seines
untergehenden, urwüchsigen und hochbegabten Volksthums.

Als die Letztgeborene einer der ehemals herrschenden Familien, als Kind eines selbst in Graubünden durch
seine Sonderheit auffallenden Originals von Vater, der
den Verlust der beiden Söhne wie eine persönliche Krän-
kung, eine Ehrenminderung empfand und die beiden
zurückgebliebenen Töchter früh in die Verachtung des

Mannes für die Frau als Frau blicken liess, indem er
sein Leben hinfort für zwecklos erklärte und die Interessen des Stammgutes vernachlässigte, weil es in weibliche Hände überging, befand ich mich schon in zarter
Jugend im Gegensatz zu meiner häuslichen Umgebung.
Besass ich doch ungefähr alle die Eigenschaften, die an
einem Sohne willkommen gewesen wären, während sie
mich als Tochter noch mehr entwertheten! Hörte ich
doch als Kind schon den schmerzlichen Ausruf: „zum
General wie geboren", wenn mein Vater durch einen
Beweis der Kühnheit meinerseits an die alten militärischen
Ehren seines Geschlechts erinnert wurde.

Im Elternhaus, wie in der Pension, in die ich, nach
einem missglückten Versuch mit einer Gouvernante, schon
mit acht Jahren kam, war ich ein ungewöhnlich ernstes,
unzugängliches Kind, das in Folge extremer, ererbter
Nervosität, die Niemand berücksichtigte, bis zum Starr-
sinn eigenwillig sein konnte und sich oft namenlos un-
glücklich fühlte. Unzählige Male hätte ich an Stelle
meines Bruders zu sterben gewünscht. Die Sonne der
Kindheit ist an meinem Horizont nicht aufgegangen.
Ich entwickelte mich sprunghaft, ungleichmässig, mehr
von Büchern beeinflusst, als vom Leben, von der Zukunft
träumend und die Gegenwart missachtend. Viele Kennt-
nisse und Empfindungen kamen mir früher und gründlicher als Anderen, ebenso viele bedeutend später. Wenn
ich die jetzt beliebten Geständnisse gewisser Frauen über
ihre Kinder- und Mädchengefühle lese, entdecke ich ein
vacuum in meinen Erinnerungen — und mit Freuden. Die
Sehnsucht nach Freundschaft jedoch kann ich bis dahin
zurückverfolgen, wo sie zum ersten Mal über die Schwelle
des Bewusstseins trat, in meinem siebenten Lebensjahre.
Was ich heranwachsend erreichte, verdankte ich, so-

weit es den Rahmen der üblichen Mädchenerziehung überschritt, ausschliesslich meiner Energie. Mein Vater trat den ihm an der Frau unleidlichen „gelehrten" Neigungen, die in unserer Familie erblich waren, schroff feindlich entgegen und wollte mich mit Gewalt im häuslichen Wirken festbannen. Die Versetzung in eine Hausfrauen-Züchtungs-Anstalt, die ich mir nach dem Austritt aus der ersten Pension gefallen lassen musste, hat mir eine jahrelange Abneigung gegen die spezifisch weibliche Arbeitsdomäne eingetragen, die meiner Natur ursprünglich gar nicht eigen war. Als ich nach Hause zurückkehrte, schrieb mein Vater meiner Mutter vor, mir möglichst wenig Geld in die Hand zu geben, um zu verhindern, dass ich mir Bücher kaufte. Mit verblüffend schlechtem Erfolg! Ich verwendete mein schmales Monatsgeld fast ausschliesslich auf sie und sagte allen weiblichen Eitelkeiten in Bezug auf Kleider, Schmuck, Gesellschaft bis zum Übermass ab, obwohl ich das Schöne und Auserwählte liebte.

Wenn ich schliesslich meine Freiheit um den Preis erkaufte, dass ich Erzieherin wurde, so war das für meinen Vater etwas Unerhörtes. Er liess mich gewähren, weil er auf eine Demütigung meines sogenannten Stolzes rechnete und begann — so recht nach der Art ganzer Menschen — mich zu achten, als sie ausblieb und die kecke Herausforderung: „Sehen wir zu, wessen Kopf härter ist!" zu meinen Gunsten ausschlug.

Aber nicht nur mein Vater, fast alle Männer, mit denen ich bis zu meinem 24. Jahre in Berührung kam, dachten der Frau eine Stellung zu, die ich ihrer, beziehungsweise jedenfalls meiner, unwürdig fand. Man darf nicht vergessen, dass eine „Gesellschaft" im französischen, italienischen, englischen und theilweise deutschen

Sinn in der Schweiz nicht besteht. Geistige Interessen kennen die beiden Geschlechter nur getrennt, oder im ausnahmsweise günstig zusammengesetzten Familienkreis; in der Gesellschaft schweigen sie. So bin ich denn recht eigentlich in der Opposition gegen den Mann gross geworden. Wo ich mich je und je befand, in der zweiten Pension, zu Hause, in Gesellschaft, in meinem ersten Wirkungskreis in der Fremde, überall stand ich im Kampfe gegen den Mann und versuchte, bei den Frauen das Gefühl für ihre individuelle Berechtigung zu wecken. Tiefere Blicke in's Leben, der Aufenthalt in verschiedenen Ländern und menschlichen milieux und vor Allem die Bekanntschaft mit dem, was man ausserhalb der Schweiz „Gesellschaft" nennt, dienten dazu, mich von meiner eingenommenen Stellung zu entfernen. Der als Charakter und Intelligenz tief unter mir stehende Mann, der nur die Frauen seiner dumpfen Sphäre kannte und vermöge seiner Inferiorität auf einer niedrigen Stufe festzuhalten suchen musste, kam hinfort für mich nicht in Betracht. Auch hatte ich gesehen, dass geistreiche Sonderlinge in der Art meines Vaters nicht weltbestimmend waren. Mich persönlich kümmerten nur noch als Geister oder Charaktere hochstehende Männer, die genug Cultur in Fleisch und Blut haben, um den gentleman in ihren Manieren nicht zu verleugnen und für die eine Frau im schlimmsten Falle mehr als Köchin und Kinderwärterin ist.

Aber auch meine Stellung zu den Frauen veränderte sich im Lauf der Jahre und ernster Beobachtungen. Wie die Begeisterung für die Menschheit als Ganzes dem Blick in Leben und Geschichte nicht Stand gehalten hatte, so berichtigte die Erfahrung die der Frauenbewegung entgegengetragene Theilnahme. Für gänzlich

heterogene Interessen giebt es kein gleiches Ziel. Die
Frauenfrage, als Frage nach der Befähigung und Berechtigung des weiblichen Geschlechts zu neuen Aufgaben,
wird am besten beantwortet, wenn die einzelne Frau an
ihrem Ort viel leistet und beweist, dass sie fest auf
eigenen Füssen steht. Die Frauenbewegung von heute
mündet viel zu sehr in den Nothafen aller anbrüchigen
Männer: die Hülfe Anderer, sei es als Staat, Gemeinde,
Gesellschaft oder was immer. Das kleine Häuflein selb-
ständiger und selbstthätiger Frauen, das ausserhalb der
zahllosen Vereine steht und über sie hinwegsieht und
denkt, wird die Cultur fördern helfen und nicht das
Heerdenglück: die grossen Congresse und internationalen
Verbindungen vermögen nur eine trügerische Oberfläche
herzustellen, unter der's im Sumpfe weitergurgelt.

Ich betrachte es als ein Glück, dass ich Nietzsche
nicht eher kennen lernte, als mir die Binden abgefallen
waren, die ein neues Dogma an Stelle des alten geheiligt
hatte. Seine Stellung zu den Frauen und die zunehmende
Schärfe des Tons im Urtheil über sie vermochten nicht
mehr, mich irre zu machen oder zu entrüsten. Ein Mann
von Nietzsche's Gesichtsweite und Gefühlssicherheit hatte
das Recht, in einem Punkte fehlzugreifen. Wenn ich
beklage, dass es gerade dieser sein musste, so thue ich
es mehr um seinet- als um unsertwillen. Muss doch seine
Ablehnung unserer höchsten Forderungen auf Grund
fehlender Prämissen unser Nachdenken anregen und zu
wiederholter Prüfung auffordern! Gilt doch von jedem
Verhältniss: „Soll das Band nicht reissen, musst du erst
drauf beissen.“ Das wäre in der That eine schwache
Berechtigung, die an dem Irrthum selbst des grössten
Denkers scheiterte!

Und wie weit hat denn Nietzsche fehlgegriffen und

warum? Das Schlimmste und Beschämendste, was er sagte, trifft heute noch für die Mehrzahl der Frauen zu, und entsprang gewiss allem Andern eher, als einer ursprünglich geringen Werthung der Frau. Ja, ich stehe nicht an, zu behaupten, dass kein Philosoph jemals Feineres und Zarteres über die Frauen ausgesprochen hat, als er. Man höre nur Folgendes:

„Das vollkommene Weib ist ein höherer Typus des Menschen, als der vollkommene Mann: auch etwas viel Selteneres." —[1])

„Diese Frau ist schön und klug: ach, wie viel klüger würde sie geworden sein, wenn sie nicht schön wäre!"[2])

„Eine tiefe mächtige Altstimme, wie man sie bisweilen im Theater hört, zieht uns plötzlich den Vorhang vor Möglichkeiten auf, an die wir für gewöhnlich nicht glauben: wir glauben mit einem Male daran, dass es irgendwo in der Welt Frauen mit hohen, heldenhaften, königlichen Seelen geben könne, fähig und bereit zu grandiosen Entgegnungen, Entschliessungen und Aufopferungen, fähig und bereit zur Herrschaft über Männer, weil in ihnen das Beste vom Manne, über das Geschlecht hinaus, zum leibhaften Ideal geworden ist."[3])

„Die jungen Frauen bemühen sich sehr darum, oberflächlich und gedankenlos zu erscheinen; die feinsten unter ihnen heucheln eine Art Frechheit."[5])

„Und besser noch Ehe-brechen, als Ehe-biegen, Ehe-lügen! — So sprach mir ein Weib: „wohl brach ich die Ehe, aber zuerst brach die Ehe — mich!"[5])

[1]) Menschliches, Allzumenschliches, Aph. 377.
[2]) Morgenröthe, Aph. 282.
[3]) Die fröhliche Wissenschaft, Aph. 70.
[4]) Die fröhliche Wissenschaft, Aph. 71.
[5]) Also sprach Zarathustra, S. 307.

„Das züchtigste Wort, das ich gehört habe: „Dans le véritable amour l'âme enveloppe le corps." [1])

Die Frau der Zukunft endlich, die ein höheres Ideal, als das bisherige verwirklichen, d. h. in Kraft und Schönheit harmonisch darstellen soll, die war und ist noch nicht heraufgekommen. Nietzsche konnte die mehr oder minder unsympathischen, schablonenhaft einseitigen, oder frechen und zudringlichen Übergangstypen doch nicht als solche anerkennen!

So wenig ich Nietzsche die harten Worte über mein Geschlecht verdenke — warum lässt man ausser Acht, was er unter dem gleichen Gesichtswinkel über das männliche sagt? es ist nicht milder — so wenig versuchte ich, ihn zu bekehren. Im Sommer 1887 richtete ich ihm die Botschaft einer darüber entrüsteten Dame aus. Wir lächelten beide. Dank sei meinem Schicksal, dass es mich jenseits der ephemeren Bedeutung der Frauenfrage Elitemenschen — Frauen und Männer — als die höchste Blüte der Cultur schauen und verehren liess!

Eines freilich hat die Kenntniss dieser Besonderheit Nietzsche's bei mir vertieft: die Neigung schweigend zuzuhören. Vielleicht habe ich mich dadurch um einen Theil meiner Möglichkeiten betrogen, aber — ich bin stolz genug, um mich unterschätzen lassen zu können.

* * *

III.

Im Februar 1886 starb mein Vater. In den grossen Ferien veranlasste ich meine Mutter zu einer kleinen Erholungsreise, deren Mittelpunkt Soglio im Bergell bilden sollte. Auf der Hinfahrt wurden Domleschg,

---

[1]) Jenseits von Gut und Böse, Aph. 142.

Oberhalbstein und ein Theil des Engadin, auf der Rückreise der See von Como und Lugano berührt. Wir
brachen, von einer meiner Freundinnen begleitet, am
7. September auf.

In Sils-Maria hoffte ich Nietzsche zu treffen, den ich
seit dem Sommer 1884 nicht wieder gesehen hatte. Als
er im Herbst desselben Jahres längere Zeit in Zürich
geweilt hatte, war ich in Ferien gewesen und im Sommer
1885 studierte ich in Bern. Zu meinem Arbeitspensum
war durch meines Vaters Tod noch Manches hinzu-
gekommen, in erster Linie Unterhandlungen über den
Verkauf des Guts und die Ordnung von Dokumenten
aller Art. Trotzdem hatte ich mir „Jenseits von Gut
und Böse" sofort nach seinem Erscheinen kommen lassen
und mich nach der ersten stürmischen Entdeckungsfahrt
immer mehr darein vertieft.

Uneingebunden und schon recht zerlesen begleitete
mich das Buch auf die Reise, während welcher eine
heitere, gehobene Stimmung uns nicht verliess. Die Fahrt
durch den waldigen Schyn und das freundliche Oberhalbstein war wunderschön. In Mühlen liess ich meine
Begleitung auf die Pferde warten und ging zu Fuss
voran. Hier in der tannengrünen Einsamkeit, die nur
das Rauschen des Flüsschens belebte, das zu meiner
Rechten über die Felsen zu Thale eilte, hallte mir der
„Nachgesang aus hohen Bergen" ergreifend zur Seele.
In dieser Poesie der Freundessehnsucht ohne Gleichen
hat Nietzsche das Ende zu finden gewusst zu seinem
„Jenseits von Gut und Böse" wie „das Gebirge bei Porto
fino dort, wo die Bucht von Genua ihre Melodie zu
Ende singt."[1])

---

[1]) Die fröhliche Wissenschaft, Aph. 281.

„Nicht Freunde mehr, das sind — wie nenn ich's doch? —
    Nur Freunds-Gespenster!
Das klopft mir wohl noch Nachts an Herz und Fenster,
Das sieht mich an und spricht: „wir waren's doch?" —
— Oh welkes Wort, das einst wie Rosen roch!

Oh Jugend-Sehnen, das sich missverstand!
    Die ich ersehnte,
Die ich mir selbst verwandt-verwandelt wähnte,
Dass alt sie wurden, hat sie weggebannt:
Nur wer sich wandelt, bleibt mit mir verwandt.

Oh Lebens-Mittag! Zweite Jugendzeit!
    Oh Sommergarten!
Unruhig Glück im Stehn und Spähn und Warten!
Der Freunde harr ich, Tag und Nacht bereit,
Der neuen Freunde! Kommt! 's ist Zeit! 's ist Zeit![1])

Ein Stück Wegs vor Marmels holte mich der Wagen
ein. Ich erfuhr, dass der Kutscher die Besorgniss der
Meinigen, ich möchte mich ermüden, mit den Worten
beruhigt hatte: „Die? O, die geht ja wie ein Vogel!"
Die Erfahrung, dass Nietzsche Flügel wirkt, hat mir
Carmen Sylva, die ihn in schweren Leidenstagen las, im
Herbst 1895 bestätigt.

Als wir vom Julier herunter und den See entlang
von Silvaplana nach Sils fuhren, dunkelte es. Die Gegend
war, umsomehr als aufziehende Regenwolken die Sterne
verhüllten, nur noch im Umrisss zu erkennen. Ein paar
Lichterchen winkten freundlich aus dem Dorfe herüber,
wo wir gegen 8 Uhr die „Alpenrose" erreichten, in der
Nietzsche zu speisen pflegte und zwar in jenem Jahr zum
letzten Mal mit den übrigen Gästen gemeinsam. Die

---

[1]) Jenseits von Gut und Böse, S. 270/71.

Abendmahlzeit war nahezu beendigt. Die vorgerückte Jahreszeit hatte die Zahl der Gäste erheblich gelichtet: nur die eine der beiden langen Tafeln war besetzt und auch sie nur zur Hälfte.

Nachdem wir am Mitteltisch Platz genommen hatten, hielt ich Umschau und meine kurzsichtigen Augen versicherten sich allmälig, dass Nietzsche am oberen Ende der Tafel sass. Er erschien mir jugendlicher, als bei unserer ersten Begegnung und unterhielt sich lebhaft mit der Dame zu seiner Rechten, die ich am nächsten Tag als Miss Helen Zimmern kennen lernte, die sich gegenwärtig an der Übersetzung seiner Werke in's Englische betheiligt. Zwei andere Engländerinnen, Mutter und Tochter, bildeten mit Miss Zimmern den kleinen Kreis, an den sich Nietzsche anschloss, wenn er aus seiner „Höhle", wie er sein Zimmer nannte, hervorkam, oder von seinen einsamen Fuss- und Gedankenwanderungen zurückkehrte.

Wie fein und aufmerksam — ganz anders als eine unwissende Fama ihm andichtete — Nietzsche mit Damen und speziell mit älteren verkehrte, konnte ich noch an diesem Abend beobachten. Kurz vor dem allgemeinen Aufbruch sandte ich meine Karte zu ihm hinüber. Als er zu uns kam und ich ihn meiner Mutter und Freundin vorstellte, war er bezaubernd herzlich und liebenswürdig mit meiner Mutter. Keine Spur von Zwang, das harmloseste, einfachste Gespräch von der Welt! Der Tafelrunde der anderen Gäste hatte Huhn und Risotto an diesem Abend vortrefflich gemundet: er erkundigte sich, ob wir des guten Gerichtes auch theilhaftig geworden seien. Dann bemühte er sich, meine Mutter zu überreden, den folgenden Tag in Sils zu bleiben, wie wir, statt wie sie vorhatte, tiefer in's Thal hinab zu Besuch zu fahren.

Er wollte ihr die honneurs der Gegend machen, beschrieb ihr die besonderen Reize der Gegend, der Halbinsel, der beiden Seen. Meine Mutter musste ihren verwandtschaftlichen Pflichten genügen, ich aber konnte die angebotene Führung von Grund aus geniessen. Von früheren Aufenthalten im Engadin her war mir der oberste Theil desselben, jenseits Camfèr, unbekannt geblieben. Mit Ingrimm hörte ich daher in der Nacht den Regen niederklatschen. Gegen Morgen hielt das Geriesel inne: ich fuhr mit meiner Mutter nach Silvaplana und kehrte vor dem Frühstück zu Fuss nach Sils zurück. Der Himmel war noch bedeckt, lichtete sich aber im Süden mehr und mehr auf.

Nach Nietzsche's Erkrankung habe ich mich sieben Jahre lang nicht entschliessen können, Sils wieder zu besuchen. Als es 1895 geschah, folgte ich einer Aufforderung seiner Schwester, die nie dort gewesen war und den Sommergarten des Wanderers gern sehen wollte. Für mich ist Nietzsche mit Sils so unzertrennbar verknüpft, wie Heraklit mit dem Heiligthum der Göttin bei Ephesus. Es war sein optimum im Norden, wie Turin zuletzt sein optimum im Süden wurde. Er, der sich mit Recht seiner kurzen Gewohnheiten rühmte, fügt nicht ohne tiefe Kenntniss seiner selbst hinzu, dass ihm „ein Leben ganz ohne Gewohnheiten, ein Leben, das fortwährend die Improvisation verlangt"[1]), erst recht unerträglich wäre, denn er ist mit Oertlichkeiten und Menschen, solange sie nicht ihre „Zeit gehabt", wenn sie ihm homogen waren, inniger und tiefer verwachsen, als die Meisten, deren lange Gewohnheiten und sog. Treue dem Zwange oder der Trägheit entspringen.

---

[1]) Die fröhliche Wissenschaft, Aph. 295.

In die schweigende Gebirgswelt des Ober-Engadins, in die farben- und formensatte Umgebung des sauberen Sils-Maria, wo der Duft des nahen Südens wie eine Verheissung über den beiden Zacken des Piz Badile zu schweben scheint, ist der einsamste, stolzeste und zarteste Mann unseres Jahrhunderts in sein angestammtes Reich getreten, wie ein in der Verbannung geborener Königssohn. Auf den moosigen Pfaden der Halbinsel, den tiefblauen Silser See entlang nach Isola, den Lärchenwald hinauf nach Laret oder Bella Vista, an der Sägemühle vorbei nach dem minder intensiv blauen See von Silvaplana und an dessen waldigem Ufer hin zum Zarathustrastein, wo die Wiesen des verlassenen Surlei beginnen, durch die Schlucht gegen das Fexthal hin — Sommer um Sommer ist er seit 1881 da gegangen, vor sich hinsinnend, das Auge auf Berg und See ausruhend, langsam, langsam, oder rasch, „ein Tänzer", wenn er mit Gedankenbeute beladen seiner Höhle zueilte. Eine Gestalt, die Mancher gewahr wurde, der ihm betroffen in's Antlitz schaute und doch nicht ahnte, dass ihn Späterkommende beneiden würden um den einen Blick!

Nicht nur die Landschaft, auch die Menschen in Sils waren Nietzsche sympathisch. Wenn die schiefen Recensionen über seine Schriften sich während der Sommersaison bis da hinauf verirrten und der Arzt, der Lehrer und der Pfarrer, mit denen er im Café zu plaudern pflegte, sie gelesen hatten, so freute er sich über die Abwesenheit zudringlicher Neugier bei diesen Herren ebensosehr, als es ihm Spass machte, zu beobachten, dass sie ihn ganz diskret auf den „gefährlichen Sprengstoff" hin musterten. Er lobte, dass der Antrag der Gründer des späteren Kursaals Maloja, die Halbinsel zu kaufen und ihren Hôtelpalast dort aufzuführen, trotz der pekuniären

Vortheile, den Gemeinderath von Sils fest fand und abgelehnt wurde. „Es ist ein vornehmer Menschenschlag," sagte er und nahm mit Befriedigung wahr, dass die Scheinvornehmheiten unter den Sommergästen, wenn ein Zufall sie nach Sils geführt hatte und sie dort den hautgoût eleganter Kurorte vermissten, nach Maloja und St. Moritz abströmten.

Als mich Nietzsche am Vormittag des 9. September 1886 abholte, galt unser erster Gang der Halbinsel. Der Föhn hatte mit dem Gewölk aufgeräumt; eine glorreiche herbstliche Helligkeit lag über dem Thale, und die nächtlichen Regengüsse wirkten in der gereinigten Atmosphäre wohlthuend nach. Bald standen wir auf der ersten Anhöhe der Halbinsel. Hier hatte Nietzsche, als noch keine Wege heraufführten und das Vieh ungestört auf der Wiese am Waldsaum weidete, im durchsonnten Moos und Haidekraut liegend, von keinem Menschen gestört, einst einen Theil seines „Zarathustra" gedichtet. Hier hatte er damals gewünscht, dass man ihn seinerzeit begraben möchte. Jetzt stand unmittelbar an der Stelle eine Bank, auf die wir uns setzten. Uns zu Füssen lag der Silser See, glänzend unter der zitternden Haut, die sich gegen Mittag gemeiniglich zu kräuseln beginnt und nach den Ufern hin aufrollt. Die bequemen Wege, die um die Halbinsel herum und durch ihr Inneres führen, sind das Verdienst des Silser Verschönerungsvereins. Nietzsche hob den guten Geschmack hervor, der die sich von Jahr zu Jahr mehrenden Schöpfungen desselben auszeichnet.

Eine seltsam reiche und reizvolle Welt ist auf der Halbinsel zusammengedrängt. Die Lärchen, die in jenem Jahre unter den Verheerungen des Lärchenspinners gelitten hatten und ihres zarten grünen Kleides theilweise beraubt waren, wirkten trotzdem durch die Eigenthümlichkeit

ihrer Formen. Auf der Anhöhe fiel eine durch die wie
bei einer Pinie gewölbte Krone auf. An dem jäh zum
See abfallenden waldigen Uferrand, gegenüber der nach
Maloja führenden Strasse, standen andere, die, am un-
günstigsten Orte aufgekeimt, den Stamm in seinem
untersten Theil horizontal ein bis zwei Fuss über den
Abgrund vorgeschoben hatten, um von dieser selbst-
geschaffenen Basis aus straff und kühn emporzustreben.
Sie waren Nietzsche's Lieblinge, grossartige Interpreten
seiner Lebenslehre, dass das Individuum dort am pracht-
vollsten zur Entfaltung gelangt, wo Gefahr ist. Sie riefen
unwidersprochen und unwiderleglich in die Welt hinaus:
„Was mich nicht umbringt, macht mich stärker!"[1])
    Neben diesen Bäumen war Nietzsche an eben diesem
Ufer auch den kleinen Buchten gut, welche das Tannen-
grün widerspiegelten und kleine runde Ballen zusammen-
gewirrten Gräserwerks an's Land spülten, damit sich die
Gelehrten über ihren Ursprung den Kopf zerbrächen.
Auf einer Bank an der am weitesten nach Süden vor-
geschobenen Schmalseite der Halbinsel, da, wo der Kur-
saal Maloja am sichtbarsten herüberglänzt, liessen wir
uns ein zweites Mal nieder. Nietzsche sprach von der
überraschenden Verwandtschaft im Charakter der Riviera
di Levante und der Halbinsel, trotz der Verschiedenheit
der geographischen Breite und des Grössenmassstabs.
Ich fand seine Bemerkung in Porto fino bestätigt.
    Nietzsche besass das ausgeprägteste Talent, bevor-
zugte Stellen der Erde aufzufinden, soweit er kam. Wie
oft gedachte ich in Tanger seiner und sah ihn im Geist
die weltverlorene Stille von Cap Spartel mit dem Blick
auf den atlantischen Ozean geniessen! Sils-Maria, Rapallo,

---

[1]) Götzendämmerung, S. 62.

Canobbio (die Badìa), Turin, die ich auf seine Anregung hin besuchte, sind jedes in seiner Art ersten Rangs. Venedig kannte ich früher, als seine Vorliebe für es, aber unter verdüsternden Begleitumständen. Als ich es im Frühling 95 endlich wieder betrat, Vormittags seine Carpaccio, Bellini, Cima, Nachmittags die Inseln und Abends Musik und Mondlicht auf dem Markusplatz genoss, da tönte die Strophe aus seinem Liede:

> „Fort, fort Musik! Lass erst die Schatten dunkeln
> Und wachsen bis zur braunen lauen Nacht!
> Zum Tone ist's zu früh am Tag, noch funkeln
> Die Goldzierathen nicht in Rosenpracht, ›
> Noch blieb viel Tag zurück,
> Viel Tag für Dichten, Schleichen, Einsam-Munkeln
> — mein Glück! Mein Glück!"[1])

oft in meiner Seele wieder.

Auf dem Rückweg nach der „Alpenrose" erheiterten wir uns an der Aufregung, die mein Erscheinen bei dem Theil der Gäste hervorgerufen hatte, die im Jahr vorher den Besuch zweier anderen Studentinnen zu Ehren Nietzsche's erlebt. Ihr kurzes Haar und ihr Gesichtstypus waren auf Slaventhum und Nihilismus gedeutet worden. Nun trug ich auch kurzes Haar — ich war also wohl auch Nihilistin?

Dann warf Nietzsche einen Rückblick auf die langsame Genesung, die er seiner Zeit in Sils-Maria durchgemacht hatte. Die Wanderung um den See von Silvaplana war zuerst so anstrengend für ihn gewesen, dass er sich in eine Falte des Zarathustrasteins hineinzulegen pflegte, bis er sich genügend erholt fühlte, um durch den

---

[1]) Die fröhliche Wissenschaft; Anhang, S. 358/59.

Wald nach Sils zurückzugehen. In dem Zustand, in dem
er Etwas wie ein neugeschenktes Gleichmass der Kräfte
zu spüren begann, sprach er in überströmendem Lebens-
gefühl zu den umherweidenden Kühen. Der warme
Athemhauch der Kuh spielt nicht zufällig eine Rolle im
„Zarathustra". Zum Schluss kamen wir auf sein Schaffen und die
Verständnisslosigkeit zu reden, mit der ihm das sog.
bessere Publikum gegenüberstand. Ich sagte ihm, dass
ich „Jenseits von Gut und Böse" eben gelesen hätte.
Er charakterisirte es als ein Buch, bei dem man die
Zähne zusammenbeissen müsse, und ich entgegnete lako-
nisch: „Ich habe sie zusammengebissen." Indem er sich
in die Genesis und den Verlauf seiner späteren Arbeiten
vertiefte, warnte er davor, die starken Dinge, die er
schreibe, zu unterstreichen. Der einsiedlerische Denker,
der für seine Ideen weder Anklang noch Widerhall finde,
erhebe unwillkürlich die Stimme und verfalle in seinen
Schriften leicht in einen gereizten Ton.

Was Nietzsche hier versuchte, hat er in seinem Leben
wiederholt gethan: er wollte Einzelne abhalten, seiner
Philosophie nachzugehen, indem er vor ihrer Härte und
Unerbittlichkeit warnte. Es war mir interessant und
rührend, als ich in den Mittheilungen seiner Schwester
die Stelle aus dem Brief an einen Freund las: „Einige
Worte Ihres guten Briefes haben mich fast erschreckt.
Sind Sie wirklich je in Ihren Gedanken auch den furchtbaren Weg mit seinen Via-Mala-Consequenzen gegangen —
gehen sie ihn nicht wieder!"[1]) und im folgenden: „Mit
Via-Mala-Consequenzen bezog ich mich auf meine An-
sichten über Moral und Kunst (die das Härteste sind,

---

[1]) Elisabeth Foerster-Nietzsche: Das Leben Friedrich Nietzsche's, II,
Abth. 1, S. 302.

was mir der Wahrheitssinn bis jetzt a b g e r u n g e n hat!) —"[1]), worin angedeutet ist, dass der Freund ihn nicht verstanden hatte. Dieses Commentars hätte ich nun allerdings nicht bedurft.

Nietzsche hat dieselbe Saite in einem Brief an mich vom 14. September 1887 noch einmal berührt. Damals, nach siebenwöchentlichem Zusammensein, schrieb er: „Dass Sie meine Bücher lesen, macht mir jetzt weniger Besorgniss: der kürzeste persönliche Verkehr wirkt als Correktur auf ein bloss buchmässiges Kennenlernen fremder Meinungen und Werthe; man sieht, hört und schliesst hinterdrein ruhiger (alles Gedruckte ist an sich noch zweideutig und macht Unruhe)." Mit anderen Worten: worauf es bei einem Philosophen ankommt, das ist nicht die Lehre allein und nicht das Leben allein, sondern beide zusammen. Sie erst bilden.

Die Furcht, dass Andere Wege gehen möchten, deren Schauder und Fährlichkeiten er kannte und denen sie vielleicht nicht gewachsen wären, spricht lauter für Nietzsche's Zartheit im Empfinden und Mitempfinden, als es eine der üblichen Phrasen von Mitleiden und Altruismus thäte. Wie viele blosse Gefühlsschwelger dürften mit ihm sagen: „Jeder tiefe Denker fürchtet mehr das Verstanden-werden, als das Missverstanden-werden. Am Letzteren leidet vielleicht seine Eitelkeit; am Ersteren aber sein Herz, sein Mitgefühl, welches immer spricht: „ach, warum wollt ihr es auch so schwer haben, wie ich?"[2])

Ich habe damals mit grosser Entrüstung über die Stumpfheit der Gebildeten und ihre Oberflächlichkeit in der Nachbetung von Urtheilen zu Nietzsche gesprochen. Später war ich weniger entrüstet, stolzer und weiser.

---

[1]) El. Förster-Nietzsche: Leben Fr. Nietzsche's, II, Abth. 1, S. 309.
[2]) Jenseits von Gut und Böse, Aph. 290.

Nietzsche blieb vollständig gelassen. Er fand es begreiflich, dass man Einen, der so sehr abseits gegangen und fast verschollen war, einfach für verrückt erklärte und seiner Entwicklung weder folgen mochte noch konnte. Ehe wir uns vor dem Essen trennten, bemerkte er lächelnd, ich werde nun wohl genug haben von dem „hochmütigen" Nietzsche. Ich verneinte ernsthaft: „Ihr Hochmut stört mich nicht; ich nehme das Wort in seiner schönen, ursprünglichen Bedeutung." Im landläufigen Sinne des Ausdrucks war Nietzsche Nichts weniger als hochmütig.

Am folgenden, für mich letzten, Tage in Sils war der Morgen trübe. Wir gingen durch die Schlucht und über die feuchten Bergwiesen jenseits derselben auf dem Wege nach Fex bis in die Nähe der kleinen Kirche. Die Landschaft dort oben behält einen grossartigen Charakter auch unter grauem Himmel, nur die Lieblichkeit, der Schmelz der Farben geht verloren. Nietzsche bedurfte der hellen und trockenen Witterung, um sich wohl zu fühlen, wie denn nach meiner Erfahrung die Gleichgültigkeit gegen das Wetter stumpfe oder perverse Instinkte verräth, verkommen in der frivolen, oder spiessbürgerlichen oder politisch-giftigen Luft der Salons, der Wohn- und Kinderstuben oder Versammlungslokale. Der herbstlich düstern Stimmung der Natur entsprach heute eine leise Schwermut Nietzsche's.

Ich hatte über den beabsichtigten Verkauf des Guts und die Geschicke meiner Familie zu berichten. Dass sich ein Denker, für den das Problem der Züchtung so wichtig war, für ein Geschlecht interessirte, welches in einem durch seine geographische Lage bedeutend gewesenen Lande in bewegten Zeiten eine Rolle gespielt hat, ist nicht zu verwundern. Durch die vorangegangene

Beschäftigung mit den Familienpapieren war ich im Besitz bemerkenswerther Einzelheiten, meine Vorfahren betreffend. Nietzsche entschied sich für den Gründer der Linie, den maréchal de camp Ulysses, der unter Rohan in Graubünden und den Unterthanenländern, unter Mansfeld am Rhein, unter Harcourt in Piemont gefochten und im Alter mit der kampfgeübten Faust sein bewegtes Leben beschrieben hatte.[1]) „Mir gefallen Männer, die den Degen und die Feder zu führen wissen", sagte er.

Aber auch der Verkauf des über zwei und ein halbes Jahrhundert im Besitz der Familie gewesenen Gutes beschäftigte ihn. Als ich ihm später im Jahre schreiben konnte, dass derselbe nicht zu Stande gekommen und ich darüber nicht böse sei, antwortete er: „dass Schloss Marschlins nicht verkauft ist, hat mich gefreut zu hören, obwohl es mir schwer fallen möchte, zu sagen, warum. Man soll sein Altes halten: es hält uns. Eben lese ich: „notre monde moderne, qui se fait de plus en plus improvisateur et spontané." — Das Citat ist aus den Essais de psychologie von Paul Bourget, einem Autor, dessen Begabung und damalige Richtung Nietzsche's Aufmerksamkeit auf sich zog. Der Niederschlag des von Schopenhauer in dem raffinirten Franzosen gewirkten Le Disciple hat uns später noch beschäftigt.

Zwischendurch verweilte mein Begleiter bei seinen Rastorten: Genua, Nizza, Sa. Margherita, Rapallo und bei den Ligurern, die in Sprache und Sitten selbst jetzt noch von den übrigen Anwohnern des Mittelmeeres abweichen. Die sich durch Jahrhunderte hinziehende Gefahr,

---

[1]) Memoiren des Marschalls Ulysses von Salis, herausgegeben im 25.—27. Heft des Archivs für die Geschichte der Republik Graubünden. Ich beabsichtigte die Herausgabe des italienischen Originals an Stelle dieser Übersetzung, die nur einen Theil bringt.

von den Sarazenen überfallen und gebrandschatzt zu
werden und der kriegerische Apparat, der später nötig
war zur Sicherung des Levantehandels, haben dieses Volk
stahlhart gemacht. Dass die Vorschriften der Kirche es
nicht mehr bekümmerten, als die anderen Italiener des
Quattro, Cinque und Seicento, liegt auf der Hand. Da
ist hinter dem Vorgebirge von Porto fino ein Fleckchen
Erde versteckt, das ein hoher Wasserstand inselartig vom
Festland abtrennt. Darauf erhebt sich San Fruttuoso,
die Gruftkirche der Doria von Genua, aber die Stätte
diente nicht nur den Todten, sondern auch den wilden
Sprossen des Geschlechts zur Zuflucht. Nietzsche hat
sich daran nicht gestossen. Warum auch? Steht die
gepriesene, moderne Moral, wenigstens in diesem Stück,
nicht tief unter der geschmähten Immoral des Mittel-
alters und der Renaissance? Unter dem Vorwand der
Einehe stösst der Vater seine ausserehelichen Kinder in's
Elend und das Gesetz thut der Natur Gewalt an und
entbindet ihn der Verwandtschaft mit ihnen. Doch wohl
auch ein pudendum im Mäntelchen!

Die Verlegermiseren, unter denen Nietzsche seit seiner
Abkehr von Wagner und der Übernahme seiner un-
eigensten Aufgabe zu leiden hatte — mit ihnen zu
kämpfen war nicht Sache seiner extrem reinlichen Natur —
und in die er mir bei jenem Spaziergang einen Einblick
gab, habe ich immer als eine Schmach empfunden.[1]
Weniger der Verleger, die in erster Linie Geschäftsleute
sind, als der Freunde! Bei all' der Steigerung des Luxus

---

[1] Beiläufig gesagt ergibt sich von hier eine Perspektive in Bellamy's
Zukunftstaat! Der geistige Fortschritt unter der Tutel des breiten Mittel-
masses! Das Zu-Grunde-Gehen aller Goethe-, oder Nietzsche-, oder
Browning-Typen wäre dann am besten vorgesehen. Ein Wink für den
Sozialismus.

seit dem deutsch-französischen Kriege und all' dem Sagen
und Singen von Grösse, Cultur, Kunst und Wissenschaft
war Niemand, der sich's zur Ehre gerechnet hätte,
Friedrich Nietzsche, diesem anspruchslosen, bis zur Härte
gegen seine Person einfachen Menschen, die pekuniäre
Sorge für sein Lebenswerk von den Schultern zu nehmen.
Überall dieselbe Erscheinung! In den Sensations d'Italie
preisst Paul Bourget das Museum Leopardi, das durch
die treue Sorge der Gräfin Paolina zu Stande kam, ver-
gleicht damit die Versteigerung Balzac'scher Besitzthümer
in Paris und empfindet sie als eine Demütigung. Aber
Monsieur Paul Bourget, der uns in seinen Schriften den
Einblick in die zugespitzte Eleganz seiner Einrichtung
giebt, denkt nicht daran, sein Einkommen gegen das
der armen Dichterschwester in Recanati auf die Wagschale zu legen, hinzugehen und seiner Nation aus dem
Balzac'schen Nachlass ein Museum zu stiften. Der moderne
Mensch, der Altruist sans pareil, hat nur für sich.

Ich glaube, Nietzsche hat unter Nichts, was von
aussen kam, dergestalt geseufzt, wie unter dieser geschäft-
lichen Last. Was ihn kümmerte, war das Loos seiner
Geisteskinder, ihre würdige Erscheinung in der Welt —
für das übrige fehlten ihm Zeit und Kräfte. In den
höchsten Ausdrücken dankte er es seiner Schwester, dass
sie die Abwicklung mit Herrn Schmeitzner zu einem
erträglichen Resultate geführt hatte. Prozesse und alle
damit zusammenhängenden Auseinandersetzungen ekelten
ihn an.

Manches, was in jenen Septembertagen nur flüchtig
an die Oberfläche tauchte, liessen erst die Sommer 87
und 88 deutlichere Gestalt annehmen. Erst in diesen
erschloss sich mir Nietzsche's köstliche, unwiderstehliche
Heiterkeit und seine Geschicklichkeit, eine gewagte An-

spielung im Fluge zu erhaschen und zu würdigen. Unvergesslich ist mir, wie er dann zuweilen erröthete, was seinem Gesichte, wie allen gebräunten, etwas besonders liebliches gab. Eduard von Hartmann mit seinem Artikel über den Beruf der Frau bot mir einmal die Gelegenheit, diesen Anblick zu geniessen. Den Seufzer, den ich vor zwei Jahren einem ehemaligen Freunde Nietzsche's gegenüber nicht unterdrücken konnte, dass der Umgang mit Nietzsche für alle Zeit verwöhnt habe, den hätte ich schon 1886 verstanden. Der Freund nämlich legte ihn falsch aus, indem er die geistige Verwöhnung in's Auge fasste, und glaubte dem entgegen den Takt des Herzens und die feine Umgangsform betonen zu müssen. Dass der Verkehr mit Nietzsche geistig verwöhnte, galt bei mir für selbstredend. Das Seltene und Auserwählte lag eben nach der anderen Seite hin.

Am 10. September, Nachmittags, schieden wir von Sils. Wieder konnte Nietzsche der Aufforderung, mich bei der Vorüberreise zu besuchen, nicht Folge leisten. Er sagte mir ein Jahr darauf, dass er in Landquart ausgestiegen war und sich nach einer Fahrgelegenheit zu mir erkundigt hatte, jedoch ärgerlich über den Verzug und unter dem Druck beginnender Kopfschmerzen, im letzten Augenblick wieder in seinen Wagen geeilt, nach Sorgans gefahren und dort eine Nacht und einen Tag in Qualen im Gasthof liegen geblieben sei.

IV.

„Ein Sommer im Höchsten mit kalten
Quellen und seliger Stille: oh kommt,
meine Freunde, dass die Stille noch
seliger werde!
Denn dies ist unsre Höhe und unsre
Heimat: zu hoch und zu steil wohnen
wir hier allen Unreinen und ihrem
Durste."

Also sprach Zarathustra, S. 142.

Einem so sensitiven Menschen wie Nietzsche weh-
zuthun, wäre mir als ein Frevel erschienen, wo es sich
vermeiden liess. Schwieriger war das Gefühl zu befriedigen, dass man ihm wohl thun und Freude machen
sollte. Nicht, weil er für die kleinste Gefälligkeit, für
jeden unbedeutenden Dienst dankbar zu sein pflegte,
sondern weil er, der so viel war und gab, von der Welt
so wenig empfing und von den Zeitgenossen nicht ge-
würdigt wurde! Aus diesem Bedürfniss heraus handelte
ich einmal in täppischer Theilnahme so verkehrt wie
möglich.

Im Spätherbst 1886 erschien in einer Zeitung eine
Besprechung von „Jenseits von Gut und Böse". Das
Wohlwollen des Schreibenden verleitete mich, die Bedeutung seiner Sympathie zu überschätzen. Ich sandte
Nietzsche den Aufsatz, als ich ihm um Weihnachten
schrieb und über den weiteren Verlauf der Reise berichtete. Er antwortete am 1. Januar 1887 von Nizza
aus: . . . „(vielleicht erzählte ich Ihnen, dass in dem
kleinen Albergo in Rapallo der erste Theil meines Zarathustra niedergeschrieben wurde, übrigens unter so erbärmlichen Verhältnissen des Leibes und der Seele, dass die
Erinnerung daran mir übel macht). Nach meiner Erfah-

rung aus diesem Herbst muss ich Ihnen, für eine zweite
Reise an diese Küste, einen Aufenthalt in Ruta an-
empfehlen (Albergo d'Italia, vortreffliche Zimmer): das
ist der kleine Ort auf dem Dach des promontorio, welches bis Porto fino vorstösst. Da oben, in bester Luft,
giebt es eine Fels- und Waldlandschaft zu erforschen,
die wie ein Stück griechischer Archipelagus anmuthet.
Die einsamste Welt, die ich bisher fand, sehr Zarathus-
trisch . . . Aus den Worten Ihres Briefes habe ich Eines
herausgenommen, das Wort Gegner: habe ich Gegner?
Da ist eine Lücke in meinem Bewusstsein. Das Missverständniss über mich ist einstweilen zu gross, als dass
ich wirkliche Gegner oder auch wirkliche Freunde haben
könnte; auch werde ich mich weder darüber beklagen,
noch die Geduld verlieren. Gewiss ist, dass mir meine
„Freunde" hundert Mal mehr Noth gemacht haben, als
irgend welche Abgeneigtheiten. Auch der Dr. N. N.,
der mich durch ein liebenswürdiges clair-obscur von Verehrung hindurch sieht, macht es nicht besser, wie mir
scheint." — Die Ablehnung des Lobs eines Inferioren,
in dieser milden Form, hat ihre Wirkung bei mir nicht
verfehlt. Freilich muss betont werden, dass Nietzsche's
Urtheile über seine Recensenten nicht etwa reine Ver-
standesurtheile waren.

Die der Verhältnisslosigkeit nahe kommende Stellung
Nietzsche's zu seinen Kritikern bis zum Auftreten von
Brandes hat er selber am besten damit erklärt, dass er
die Kritik eines Menschen über Dinge und Menschen,
die über ihm stehen, ein Unding nannte. Die blosse
Sympathie oder Antipathie eines solchen konnte ihn in
extremeren Fällen höchstens ergötzen. So, als sich ein
Dichterling unserer Tage für die „Geburt der Tragödie"
entflammte, weil es seiner Eitelkeit, wie Nietzsche mit

köstlichem Spott zu verstehen gab, schmeichelte, „aus dem
Abgrund des Seins" heraus zu sprechen. Der gute Mann
schwenkte, sobald Nietzsche die Urgründe der dichterischen
Offenbarungen nicht mehr im Metaphysischen suchte.
Anders gestaltete sich die Sache, wenn eine Nietzsche
persönlich bekannte Persönlichkeit unbefugter Weise über
ihn zu Gerichte sass. Das verletzte sein Empfinden, als
eine negative Erscheinungsform geistigen Schmarotzer-
thums, tief. Dieser Fall trat ein, als Dr. Helene Druscovich
in ihrem „Versuche zu einem Religionsersatz" ihn ebenso
oberflächlich als rücksichtslos angriff und gegen einen
Salter hintanstellte. Er hatte in Zürich freundschaftlich
mit der Dame verkehrt und sich über ihre Behandlung
englischer Dichter günstig geäussert. Die Arme ist längst
dem Wahnsinn verfallen.

Vom Neujahr bis zum Frühling 1887 hörte ich nicht
wieder von Nietzsche. Am 1. Mai, inmitten von allerhand Einkäufen für meine durch eine Feuersbrunst vom
Nothwendigsten entblösste Schwester und ihre Kinder,
meldete mir eine Karte seine Ankunft in Zürich. Bei
seinem ersten Besuch führte uns die Aehnlichkeit unserer
Erlebnisse — wie man sich erinnert, hatte kurz zuvor
das grosse Erdbeben in Nizza stattgefunden — auf den
Austausch ähnlicher Beobachtungen. Meine Schwester,
körperlich zart und im gewöhnlichen Leben unschlüssig
und ängstlich, hatte zum zweiten Mal bei einem Brande
mit Umsicht und Entschlossenheit gehandelt. In Nizza
waren Kranke in einem vorgerückten Stadium ihres
Leidens besonnener zu Werk gegangen, als derbe Dienst-
boten und gesunde Gäste. Die höhere Leistungsfähigkeit
der feineren Spezies in der Cumulation der Gefahr hatte
sich glänzend bewährt.

Nietzsche suchte mich am zweitfolgenden Tage noch

einmal auf, um sich zu entschuldigen, dass er die Einladung zu einer Fahrt in den Sihlwald ausgeschlagen. Ein bekannter Züricher Musiker hatte ihm einige Vorträge auf dem Klavier versprochen gehabt, war aber ausgeblieben und hatte ihn so zwischen Stuhl und Bank sitzen lassen. Durch das Hinzutreten einer Bekannten, die mich für den Abend in Gesellschaft bat, wurde ihm das nahe Bevorstehen meines Examens verrathen. Ich eröffnete ihm mein Recept zur Erreichung einer gewissen Sicherheit: die Abwechselung zwischen strengster Gedächtnissarbeit und leichtsinnigster Zerstreuung.

Kurz nachdem Nietzsche Zürich wieder verlassen hatte — er beabsichtigte bis zur Uebersiedelung nach Sils in dem von den „Europäischen Wanderbildern" reizend dargestellten Amden, hoch über dem Wallensee, zu verweilen, hielt es aber vor Hitze und Mangel an Schatten nicht aus und flüchtete nach Chur, dessen herrliche Tannenwälder ihm zusagten —, schied ich von der Universität. Gegen Ende Juli begab auch ich mich mit einer Freundin nach Sils.

Der Sommer war ausserordentlich heiss. Selbst dort oben, so nahe an der Grenze des ewigen Schnees, blieb man über die Mittagsstunde am liebsten im Haus. Die wilde Flora stand üppiger als je: in dichten Büscheln fasste die grosse, weisse Wucherblume den Wiesenpfad auf der Halbinsel ein; zwischen Isola und Sils leuchteten die Unterhölzer von Alpenrosen: weiter oben auf den sumpfigen Bergwiesen dufteten die braunen Nigritellen zwischen den silberhaarigen Wollgräsern hervor und Dryaden und Saxifragen spotteten des lebensfeindlichsten Gesteins.

Die beiden Hôtels waren voll von Gästen, und fast jede Familie im Dorfe hatte Zimmer vermiethet. Wir wurden in einem stattlichen Engadinerhaus diesseits der Brücke über den Fexbach und dicht an der Fahrstrasse in's Fexthal untergebracht. Vortreppe und Fenster standen voll Topfpflanzen, von den freundlichen Besitzerinnen mit unverdrossener Sorgfalt durch den grimmigen Winter gepflegt. Auch hier brachte die herrliche Sonne Belohnung im Ueberfluss: in jeder Scherbe blühte Etwas. Ein Rosenstrauch vor Allem trug zwei Rosen von einer Vollkommenheit der Form, der Farbe und des Wohlgeruchs, wie man sie bei den begünstigteren Brüdern im Thal nicht findet. Nietzsche ist vor diesen Kindern der Höhe, der reinen Luft und Sonnennähe, vor diesen Ueber-Rosen manchmal stehen geblieben.

Nietzsche wohnte im gleichen Hause wie früher, jenseits der Brücke, und kam fast jeden Morgen und zuweilen auch Nachmittags zu uns herüber: bei schönem Wetter und mässiger Hitze, um uns zum Spaziergang abzuholen, sonst zu traulichem Gespräch im Zimmer. Wenn er einen ganzen Tag ausblieb, so war er krank. Das war damals nicht oft der Fall und das Wetter blieb mit wenig kurzen Unterbrechungen während der sieben Wochen meiner Anwesenheit glorreich schön.

Bis Mitte August schwirrte und wimmelte es im Dorf und seiner näheren Umgebung von Erwachsenen und Kindern, aber Sils liegt eingebettet in einer solchen Fülle von näheren und entfernteren schönen Punkten, dass man auch in der höchsten Saison einsame Wanderziele zur Auswahl hat. In der „Alpenrose" bildeten ankommende Bekannte und einige Fremde, die Anschluss suchten, allmälig einen keinen Kreis um mich und meine Freundin, dem wir uns bei den Mahlzeiten — Nietzsche ass nur noch Mittags im Hôtel und zwar allein und vor den Andern — widmeten. Sonst galten wir für exclusiv

und waren es auch, denn wir machten unsere Ausflüge
am liebsten allein. Auch wollte ich nicht durch einen
bunten Anhang in Nietzsche's Besuchen beeinträchtigt
werden, viel weniger gestatten, dass z. B. amerikanische
Feuilletonistinnen, die von seiner Bedeutung keine Ahnung
hatten, bei mir ihre Neugier befriedigten und das Resultat
für ihre Börse verwertheten.

Ich habe Nietzsche's angeborene Höflichkeit durch die
gleichmütige Abweisung einer bis an meine Thür ge-
langten Dame dieser Art einmal auf eine harte Probe
gestellt. Die Gekränkte konnte ich nachher durch einen
grösseren Aufwand von Liebenswürdigkeit versöhnen —
eine rohe Schaustellung Nietzsche's und die verlorene
Zeit würde ich mir bleibend zum Vorwurf gemacht haben.
Wusste ich doch, dass ihm die sans façons moderner
Damen, die mit den Füssen baumelnd auf einer Bank
sassen, mit dreissig Jahren ihre Freundschaften noch mit
lärmenden Gymnasiasten-Allüren verkündigten, sich durch
lautes Sprechen und Lachen auffallend machten, peinlich
waren! Das Gefühl für die Distanz ist bei mir zu mächtig,
als dass ich die Elite meiner Freunde nicht um den Preis
einiger sog. Rücksichtslosigkeiten gegen das Unange-
nehme zu schützen suchte.

Die Rache blieb nicht aus, aber ich hatte sie kommen
sehen und war vorbereitet. Als sich eine Bekannte einige
Monate später, unter dem Vorwand des Geschwätzes
Anderer, verwunderte, dass Nietzsche und ich uns nicht
heirateten, gab ich kalt zur Antwort: „In der That,
warum sollten wir uns nicht heiraten, wenn wir uns
heiraten wollten?" und erzählte Nietzsche Nichts davon.
So sicher war ich, dass ein Missverständniss über diesen
Punkt zwischen uns nicht aufkommen konnte, so unwürdig fand ich es, dass Frauen eine Freundschaft

zwischen Mann und Frau noch immer nur in dieser
Perspektive sehen. Nietzsche liebte es, sich bei mir von seiner Einsamkeit, von seiner Arbeit und mitunter auch von anspruchs-
vollen Besuchern zu „erholen". In meinem blumenge-
schmückten Zimmer sassen wir manche Stunde, ich mit
einer Arbeit in der Hand, er sprechend über eben Ge-
dachtes, Gelesenes, oder Erlebtes. Er liess sich gerne
zuhören. Eine ältere Dame hatte ihm kurz zuvor die
Lust zur Aussprache dadurch benommen, dass sie sich
beeilte, Alles, was er sagte, durch persönliche Erlebnisse
in schlechter Luft und gemeiner Umgebung zu belegen
und seines Duftes zu berauben. Für solche Vorkomm-
nisse schafft sich der Weltmann eine dickere Epidermis
an, der Seelenforscher und Gedankenstreiter kann es nicht.
Nietzsche hat das Einfache, an seinem Wege Liegende
nie verachtet: er sprach mit Theilnahme von der Besorgniss seines Hauswirths, dass sein Ochs der herrschenden Maul- und Klauenseuche auch verfallen werde und
das bei bevorstehender Heuernte — das landwirthschaft-
liche Hauptereigniss im Engadin! — und von der Ge-
witterfurcht der kleinen Andrienne, aber das Gemeine
und die schlechte Luft lernte er nicht ertragen. Noch
weniger das geistig Gespreizte! Vielleicht sind die Frauen
häufiger als die Männer in dem Irrthum befangen, dass
bedeutende Menschen nur über bedeutende Dinge reden
hören mögen und werden dadurch platt, oder verrathen,
wie gewöhnlich sie sind.

An einen in Sils erhaltenen Besuch erinnerte sich
Nietzsche mit besonderer Freude. Es war der des früh-
verstorbenen Heinrich von Stein, im Sommer 1884. In
angeregtem Gespräch waren die beiden Männer während
drei Tagen in der Gegend umhergewandert, die durch

ihre ernste Schönheit die Gedanken weiht. Nietzsche
führte mich an die Stelle, wo die Strasse nach Fex über
der Kirche oben in das eigentlich so genannte Thal ein-
biegt und der Blick vorwärts auf den schimmernden
Gletscher, rückwärts auf die kahle, dunkle Gebirgsmauer
fällt. Hier hatte Stein ergriffen ausgerufen: „Das ist
heroisch!" Die Art und Weise, wie er sich über seinen
Lehrer Dühring, der ihn in den Jugendjahren stark beeinflusst hatte, äusserte, gefiel Nietzsche sehr. Er besann
sich eine Weile, ehe er sich aussprach, denn „Stein war
ein ganz ernster Mensch", den weder Hass noch Liebe
blendeten. Den Zug, eine Sache erst zu überlegen, ehe
er seine Ansicht kundgab, hatte Nietzsche auch in hohem
Grad. Es fällt mir dann besonders deutlich ein, wenn
ich Männer und Frauen reifen Alters im Handumdrehen
für und wider Partei ergreifen sehe. Als ich einmal auf
die Theorie Ribot's in „Hérédité" zu sprechen kam, dass
die Frauen in alten Familien länger den kräftigen Typus
aufweisen, als die Männer, sagte er: „Darüber habe ich
noch nicht nachgedacht." Ebenso bei Leopardi's Aus-
spruch, dass es nur die fehlende Gelegenheit zur That
sei, die den Menschen schreiben lasse, was er im gün-
stigeren Falle thun würde.

Kurz nach dem ersten Gespräch über Stein brachte
er einen Brief des Verstorbenen herüber, in welchem der
gemeinsamen Freundin in Rom, Fräulein von Meysenbug, herzlich gedacht wird. Stein schrieb, er begreife,
dass sich Nietzsche in ihrer Nähe selbst körperlich wohler
gefühlt habe. Er war einen Winter früher als ich in
Rom gewesen, durch die Idealistin bei Wagner einge-
führt worden, später in Wahnfried Hauslehrer gewesen
und Frau Cosima rührend ergeben. Nietzschen entzückte
die Zartheit, mit welcher er seiner Verehrung für die

kluge Frau Ausdruck gab. Halte ich damit zusammen, dass Fräulein v. Sch. nach einer Begegnung mit Stein, zwar des Lobes über ihn voll, zu mir sagte: „Er würde besser zu dir passen, als zu mir" und einige Athemzüge später: „Er ist schroff," so begreife ich, wie viel die delicatezza dieses Mannes für Nietzsche werth war. Die Erschütterung über seinen Tod wirkte noch immer nach. Es war Nietzsche's Art, sich an wohlgerathenen Menschen, wie Stein, zu erquicken. Aber auch der warme Quell der Theilnahme für alle seine Freunde und trotz stattgehabter Entfremdungen, sprudelte immer wieder auf. „Mitfreude" hat Nietzsche, wie Wenige, empfunden und zierlich an den Tag zu legen verstanden. Gleich bei meiner Ankunft hatte er mich zur Promotion beglückwünscht und sich dann für die im Druck befindliche Dissertation interessiert, die ihm, als sie herauskaum, zu gefallen schien, bei der jedoch Papier und Druck seinen Anforderungen an Güte und Deutlichkeit nicht entsprachen. Wie ich im folgenden Sommer durch Bekannte vernahm, hat er auch meinen 1886 geäusserten Plan, eine Geschichte meiner Familie zu schreiben, erwartungsvoll begrüsst.

Mit bedeutsamem Lächeln übermittelte mir Nietzsche im Verlauf der Wochen die Glückwünsche seiner Mutter, die mich, seitdem ich den Doctortitel führe, viel höher achte. Der Sohn errieth sehr wohl, dass die vortreffliche Frau eine angesehene öffentliche Stellung und Gelehrtenruhm viel höher werthete, als seine ihr fremde Geisteswelt und hat das fehlende Verständniss für seine Persönlichkeit und seinen offiziell nicht abgezeichneten Beruf schmerzlich empfunden, obwohl er den Mangel begriff und das Verhältniss auf's schonendste zu gestalten wusste. Er suchte der Mutter die Stellung zu ihm leicht

und erfreulich zu machen, indem er sie seinen absonder-
lichen Erkenntnissen und Folgerungen ferne hielt, sie
vom Lesen seiner Bücher abmahnte und in sein sonstiges
Erleben recht freundlich und eingehend einweihte.
Für seine Freunde erfreute er sich auch an der An-
erkennung der Welt, der er persönlich entsagte. So, als
Dr. Deussen die Professur in Kiel erhielt und mit ihm
der erste Schopenhauerianer vom Staat auf einen Lehr-
stuhl berufen wurde. Nietzsche war es gewesen, der den
Jugendfreund mit Schopenhauer bekannt gemacht hatte
und seither wie weit über seinen Lehrer hinausgewachsen
war! Der Kieler Professor mit seiner Gattin — er war
noch nicht lange verheiratet — kam 1887 auf einer Reise
nach Griechenland auch für ein paar Tage nach Sils.
Nietzsche nahm den lebhaftesten Antheil an seinen in-
dischen Studien und sprach in jenen Tagen viel von der
Religion des eigenartigen Brudervolkes am Ganges. Die
Geschichte, wie sich Buddha, um einem hungernden
Löwen Speise zu verschaffen, in ein Häschen verwan-
delte, das Stillesitzen und Wohlwollen-Ausstrahlen, der
gläserne Knopf des Fakirs, die Anknüpfung der theoso-
phischen Bewegung an die Religion im Osten — all'
das und viel mehr kam damals unter verschiedenen Ge-
sichtspunkten zur Sprache. Und die probeweise geübte
Übertragung dieser fremden Dinge in's moderne Leben
hatte einen grossen Reiz.
Die Anwesenheit des Freundes frischte auch die Erinnerungen an Gymnasium und Universität auf. Heiter
erzählte Nietzsche eines Abends, Professor Deussen, der
sich einer behaglichen Körperfülle zu erfreuen beginne,
habe ihn in sich gehen geheissen und daran gemahnt, dass
auch er einmal einen Ansatz zum embonpoint gezeigt habe.
Nietzsche hatte einen Widerwillen gegen das Fettwerden.

Wie wohl er sich dessen bewusst blieb, was Anderen von besonderem Interesse war, hat Nietzsche mir noch in einem seiner letzten Briefe aus Turin bewiesen, wo er in einem P. S. berichtete: „Haben Sie davon gehört, dass Mad. Kowalewski in Stockholm (sie stammt vom alten Ungarkönig Matthias Corvin) den allerersten mathematischen Preis von der Pariser Akademie erhalten hat, den sie vergeben kann? Sie gilt heute als das einzige Genie der Mathematik." — Erzählt hat er mir wiederholt von Frauen, die sich irgendwie auszeichneten. Er war z. B. in einem Winter in Nizza der Nachbar einer nach Amerika ausgewanderten Württembergerin gewesen, die sich ein Vermögen erworben hatte, weil sie die dort noch unbekannten Haararbeiten einführte.

Die gute Schwäbin aus Amerika brachte uns auch auf ein ganz anderes Thema. Als treues Kind ihres alten Vaterlandes stellte sie „den" Schiller über „den" Goethe und begründete den Vorzug durch die übliche Phrase vom moralischen Höherwerth. Über das grotteske Auftreten dieses Vorurtheils im gegenwärtigen Falle konnte Nietzsche nur lächeln, aber sonst war ihm die Nebeneinanderstellung der beiden Dichter unleidlich. Ebenso wenig mochte er von Gottfried Keller und Konrad Ferdinand Meyer hören, weil er Keller viel mehr Gehalt und Ursprünglichkeit zuerkannte, als dem Sprachkünstler Meyer. Die flache Denkungsart, die keine Distanzen sieht, verdross ihn nicht am wenigsten, wenn sie auf literarischem Gebiet ihrer Nivellirungssucht fröhnte.

Wie sehr Nietzsche Goethe liebte, sah ich, als er eines Tages drei Goethe-Jahrbücher bei uns liegend fand, die er mit sich nach Hause nahm und später mit den Worten zurückbrachte: „Es wird Einem in der Nähe dieses Grossen immer wohl" (— trotz Waschzettelzuthaten, meinte er —). Das eine der Jahrbücher war das von 1885 mit dem schönen Bild nach Darbes und Viktor Hehn's Aufsatz über Goethe's Vers. Bei Hehn ergab sich für uns beide, dass Dr. Foerster ihn „entdeckt" und uns auf ihn aufmerksam gemacht hatte. Nietzsche benützte jede Gelegenheit, um seinem Schwager Gerechtigkeit widerfahren zu lassen, gerade weil er ihm im Punkte des Antisemitismus unerbittlich entgegen trat. Er anerkannte sein vornehmes Wesen und seine ritterlichen Eigenschaften, die ihn zum Führer eines neuen Volkes geeignet machten. Von Hehn schätzte er auch das geistreiche Buch über Kulturpflanzen und Hausthiere.

Während einer seiner Anwesenheiten in Zürich war Nietzsche mit Gottfried Keller persönlich bekannt geworden. Keller, erzählte er mir, habe sich über seine Vergleichung mit Stifter gefreut. Als ich im letzten Winter die Stellen über Nietzsche [1] in der Keller-Kuh'-schen Correspondenz zu Gesicht bekam, fragte ich mich, wie wohl Keller später über Nietzsche gedacht haben mag. Mir ist Nichts darüber bekannt, doch lässt sich voraussetzen, dass Nietzsche Keller gründlicher zu würdigen verstand, als Keller, trotz der auffallenden Übereinstimmung in einem Punkt, Nietzsche. [2]

---

[1] J. Baechtold: Gottfried Keller's Leben, III, S. 121, 122.

[2] Hier kann ich mir nicht versagen, auf die merkwürdige Coincidenz in der Betonung der Rasse bei dem immer Aristokrat gewesenen Nietzsche und dem ursprünglichen Demokraten Gottfried Keller hinzuweisen. Schon in „Frau Regula Amrein" beginnt sich die Ansicht Bahn zu brechen. In „Martin Salander" ist sie so deutlich vorhanden, dass es des Wuthschreies der Züricher Demokraten nicht bedurft hätte, um zu bestätigen, dass der Meister in's Schwarze getroffen. Eine aristokratische Tendenz athmet auch Keller's Neigung, jeweilen die Frauen als Trägerinnen der

Des letzteren Vorliebe für Adalbert Stifter führt auf
eine Besonderheit in seiner gemütlichen Artung. In
Folge der Anspannung aller Geisteskräfte, den Wurzeln
der Moral in ihren Grundtiefen nachzuspüren und vor
keinem Resultat zurückzuscheuen, in Folge einer grau-
samen, innerlichen Spannung und Entdeckerunruhe, die
alle seine Gefühle schmerzlich zucken machte, bedurfte
Nietzsche zuweilen des Ausruhens in freundlicherer Umgebung. Er selber war zart, leicht verletzlich, zur Ver-
söhnung bereit, voll Scheu Andere zu verletzten; seine
Aufgabe verlangte Härte, verbot die Compromisse, brachte
hm und Anderen Schmerz und Bitterniss. Da las er
denn Bücher, wie Stifter's Nachsommer, Dostojewsky's
Humiliés et Offensés. Im Augenblick übten die Längen
des Stifter'schen Romans, in dem die entsagende, weise,
herbstliche Stimmung durch vier Bände hindurchgeht,
eine heilende Wirkung aus, mit der die nachfolgende
Kritik sich doch vertrug. Humiliés et Offensés, noch um
eine ganze Skala tiefer, ergebener, durch seine Zerdrückt-
heit und Ausgewischtheit der Helden für stolze Menschen

Hauptidee auftreten zu lassen. Der Ausländer könnte daraus sogar den
Schluss ziehen, dass die Frau in der Schweiz der wichtigere Faktor der
Cultur sei, als der Mann. Nietzsche hat diesen Zug nicht übersehen.
   Seit dem Erscheinen des letzten Bandes der Keller-Biographie
brauchen wir seine dichterischen Gestalten gar nicht mehr erst zu deuten.
Wir haben unmittelbare Zeugnisse in den Materialien zu Martin Salander.
Da findet sich Folgendes:
   „Prinzip der Rasse. Die Güte und Schlechtigkeit, die Noblesse und
Gemeinheit der Personen ist Frage der feineren oder gröberen Rasse.
Excelsior (Martin Salander) und die Seinen haben Rasse. Das Weib mit
dem Hut (die Mamma) und ihre Zwillinge haben keine . . .
   Pestalozzi. Volksbuch. Vogt Hummel. Wo sind wir nun nach
hundert Jahren? Wie steht's mit dem vierzigjährigen Einfluss der Schule,
Aufklärung, Prosperität? Erziehungsfrage. Wie können Leute sozial und
sittlich erziehen, die selbst nicht erzogen sind? . . . Aristokratie (natürliche)
der Erzogenen." (Leben, III, 639; 643; 646.)

fast unerträglich, demütigend, hatte Nietzsche, wie er mir auf einem Abendgang am See von Silvaplana sagte, mit überströmenden Augen gelesen. Er -- das ist der springende Punkt — verurteilte eine ganze Reihe von Empfindungen in ihrer Steigerung, nicht, weil er sie nicht hatte, sondern im Gegentheil, weil er sie hatte und ihre Gefahr kannte.

Von Büchern und Schriftstellern ist zwischen uns selbstverständlich viel die Rede gewesen. Nietzsche hatte le flair du livre und las trotz seiner leidenden Augen viel. Wenn ein Satz ihm durch Prägnanz oder Schönheit auffiel, so wiederholte er ihn gern im Zusammensein. Des avenues pour la fantaisie la plus voyageuse citirte er einmal ganz beglückt aus einem französischen Briefwechsel. Wie fast alle guten Leser strich er gewisse Stellen im Text oder am Rande an. So ist ein Stück seines Geisteslebens gleichsam in den ihm eigen gewesenen Büchern aufbewahrt.

Die modernen Skandinavier mit ihren schriftstellerischen Leistungen fesselten ihn viel weniger, als die Russen und ihre bis in's Detail ausgefaserte psychologische Analyse. Aber in erster Linie standen für ihn die Franzosen, sowohl der klassischen Periode, als des 18. und 19. Jahrhunderts, voran die Moralisten, Psychologen und Novellenschreiber. Auf seine Anregung hin las ich Fromentin, Doudan, die Goncourt'schen Cultur- und Sittenschilderungen und beschäftigte mich noch mehr mit Stendhal, Mérimée, Taine und Bourget. Von den modernen Dichtern interessierten ihn Vigny, de Lisle und Sully Prudhomme.

Stendhal imponierte Nietzsche gewiss hauptsächlich, weil er ein starker Emotionen fähiges Naturell, eine überaus sensible Anlage mit eiserner Gewalt beherrschte.

4 *

Die anscheinende Geckerei, dass er sich im russischen Feldzug an Tagen drohendster Gefahr allein von allen Kameraden den Bart machte, hat er auf den wirklichen Grund, die erreichte Selbstbeherrschung, zurückgeführt und daher mit Recht bewundert. Dessgleichen die Einleitung zu seiner täglichen Arbeit: das Lesen einer Seite des Code Napoléon behufs Klarheit, Schärfe und Knappheit des Ausdrucks. Sein Buch De l'Amour entsprach seiner Auffassung von der Liebe am besten und diente ihm bei Männern auch wohl als eine Art psychologischen Prüfsteins. Er war überaus erfreut, als er es in der Bibliothek seines Freundes R. entdeckte, wie ihm denn überhaupt die Bücher, die ein Mensch um sich her aufstellte, zum Wegleiter in seiner Seele dienten.

Wiederholt betonte Nietzsche, wie viel einleuchtender Stendhal das Problem der Schönheit löst, als Kant, indem er dem interesselosen Wohlgefallen die promesse de bonheur entgegenstellt. Die Analogie zwischen Stendhal's posthumer Würdigung — von ihm in den Worten on me lira en 1880 vorhergesehen — und dem Ausbleiben eines Echos für seine eigenen Äusserungen, entging ihm nicht. Das plötzliche, einsame Hinsterben in Civita Vecchia liess einen schmerzlichen Stachel in seiner Seele zurück.[1]

Als Gegner und Verächter der französischen Revolution und aller in ihrem Gefolge gehenden Begriffs- und Geschichtsfälschungen hat Nietzsche das grosse Werk Taine's über das Ereigniss erleichterten und freudigen Herzens begrüsst. Am gewaltigsten wirkte der Band

---

[1] Warum spricht doch Professor Ludwig Stein mit so besonderer Missbilligung von Stendhal, den er überdiess nur von Ruf zu kennen scheint? Wenn ich seine Vorlesung über Keppler mir in's Gedächtniss rufe, kann ich diese Zimperlichkeit nicht begreifen.

über Napoleon. Er erzählte mir, dass er Taine geschrieben
habe, er fasse den Gesammteindruck in die Formel:
Napoleon ist die Synthesis von Übermensch und Un-
mensch, es scheine ihm aber, der Ausdruck sei dem
feinen Franzosen zu stark gewesen. Wie Taine, sah
Nietzsche in Napoleon den letzten dergestalt grossartigen
Menschen, den die Geschichte aufführt, einen Gewaltherrn
ohne Gewissen, wie die italienischen Condottieri des 15.
und 16. Jahrhunderts, einen Immoralisten von Haus aus.
Für seine Fascination durch ihn hatte er eine prä-natale,
physio-psychologische Begründung. Seine Grossmutter,
eine Frau von ausgesprochen napoleonischen Sympathieen,
wie sie im damaligen Sachsen häufig waren, sah in den
Tagen der Völkerschlacht bei Leipzig, in unmittelbarer
Nähe des Kriegsschauplatzes, der Geburt eines Sohnes
entgegen, der später Nietzsche's Vater wurde. Dieser
Zusammenhang mit dem Heros mutete ihn an.

Die nämliche Grossmutter, so erzählte er bei Anlass
der Goethe-Jahrbücher und der Froudeschen Veröffent-
lichungen über Mrs. Carlyle, besass werthvolle Briefe
aus dem Goetheschen Kreise. Ihr Kosenamen „Muthchen"
(für Erdmuthe) kommt in den erhaltenen Correspondenzen
der Zeit vor und gab Veranlassung zu Nachforschungen.
Aber eine Tante Nietzsche's hatte diese Briefe aus über-
triebener Ordnungsliebe, wie mir Frau Dr. Foerster sagt,
zerstört; der Bruder meinte, es sei aus Diskretion geschehen und fand das Motiv mit seiner eigenen Empfin-
dung im Einklang. Die brutale Preisgebung der Privat-
verhältnisse, wie bei Froude, verstimmte ihn tief. Ein
Anrecht auf sie als ein nationales Eigenthum gestand er
dem Publikum nicht zu und zwar, nach meinem Dafür-
halten, mit Recht. Der Gesinnungspöbel deutet an den
wohlüberlegten Äusserungen der paar Grossen eines Jahr-

hunderts schamlos und kurzsichtig genug herum; wozu
ihm noch den Einblick in die Intimität ermöglichen, die
das Missverständniss von vornherein herausfordert?
Daudet's Immortel hat Nietzsche einerseits ergötzt,
anderseits abgestossen. Ergötzt, insoweit die Triebräder
der ehrwürdigen französischen Akademie schonungslos
in's Licht gestellt werden und Daudet doch das heisse
Verlangen nach einem der 40 Sessel nicht ganz ver-
heimlichen kann; abgestossen durch die lieblose, undank-
bare Persiflage Corsikas und der Corsen. Mit Genug-
thuung las er die Antwort, welche die um ihrer Armut
willen verhöhnten Insulaner dem Manne gaben, der ihre
warmherzige Gastfreundschaft genossen und ihre ver-
achteten Kastanien gegessen hatte. Arm als synonym
mit verächtlich, diese Werthung war Nietzsche fremd
und des reichen Pöbels würdig. Er beabsichtigte, einmal nach Corsika zu gehen. Die Insel, welche Europa
einen Napoleon gegeben, bewies, dass Kraftreserven und
Möglichkeiten in ihr latent lagen, welchen Armut und
Genügsamkeit nur förderlich waren.

Renan war Nietzsche antipathisch: er nannte ihn
einen Faun — wir hatten von der Abbesse de Jouarre
gesprochen — und nahm ihn unter den Franzosen so
wenig ernst wie Eduard von Hartmann unter den Deutschen. Bei letzterem hielt er dafür, dass er sich über
seine Leser lustig mache. Köstlich resumirte er Ebers,
der Leipziger Professorentöchter in ägyptischer Gewandung
und Umgebung dem Herzen der Leser nahe bringe.

Mit den Engländern und Amerikanern hatte er im
Ganzen keine Fühlung. Er sprach ihnen philosophische
Begabung ab (sie haben sie auch nicht im deutschen
Sinne). Darwin's Kampf um's Dasein, Spencer's Erklärung
der ethischen und biologischen Phänomene genügten ihm

nicht von ferne. Carlyle verkörperte sich ihm im Bilde
des stampfenden Urs und diente ihm als sprechendstes
Beispiel für die Bedeutung der Ernährung bis hinauf in
die geistigsten Bethätigungen des Menschen. Stand doch
seine Philosophie unter dem Marterzeichen einer ständigen
Dyspepsie. Dafür that es ihm der sonnige, zarte und
doch männliche Emerson an. Man vergleiche darüber
noch in der „Götzendämmerung" die sich unmittelbar
folgenden Urtheile.[1]

Die Anwesenheit vieler Basler in Sils und der Verkehr mit den ihm bekannten unter ihnen versetzte
Nietzsche lebhaft in die Zeit seiner Professur zurück. Er
hatte im Ganzen und Grossen von Basel einen guten
Eindruck gewonnen und bewahrt, wie ihm denn überall die zu weit getriebene Gebundenheit besser zusagte,
als rohes Wesen und Formlosigkeit. Wir gedachten
wiederholt der Erscheinung, dass strenge Christen und
politisch Conservative der Person eines ausserhalb der
Parthei Stehenden häufiger gerecht werden, als die sog.
Freien aller Art. Sei es, dass das Gefühl der Ehrfurcht
in ihnen besser entwickelt ist, oder was immer, genug,
die intelligenteren unter ihnen entdecken das Verehrungs-
würdige am Gegner, während der Nivelleur in religiösen
und anderen Dingen den Mangel an Achtung vor Allen
und Allem in verstärktem Grade auf den Partheifremden
überträgt und die abweichende Ansicht immer auf Bös-
artigkeit zurückführt. Auch die stärkere Überzeugung ist
auf der Seite jener und so schliessen sie: sollte dieser
edle Mensch uns nicht gewonnen werden können, und
hoffen auf seine Umkehr, weil sie seinen Werth erkennen.
Die würdige Haltung der Basler Orthodoxen Nietzsche

---

[1] Götzen-Dämmerung. S. 126/27.

gegenüber hat sich auch im schwierigsten Augenblick nicht verleugnet. Während radikale Zeitungsschreiber in der Schweiz seine Erkrankung, nachdem sie eingetreten war, längst aus seinen Werken prophezeit haben wollten, hatte die hochkirchliche Allgemeine Schweizer Zeitung nur Worte ehrerbietiger Trauer für seine geistige Umnachtung.

Es ist ja leider keine Frage, dass es eine Anzahl von Menschen gab, die schon Jahre vor dem Einbrechen des Schrecklichen Nietzsche für anormal erklärten. Chamberlain schreibt[1]), sein Verstand sei kurz nach der Entstehung der Schrift „Richard Wagner in Bayreuth" umnachtet worden und eine seiner früheren Bekannten fragte mich Anfangs 1888, ob ich im Sommer vorher keine Zeichen geistiger Störung an ihm wahrgenommen hätte und lächelte überlegen, als ich verneinte.

Normal — anormal, das sind wohlfeile Schlagworte, wenn man ernsthaft überlegt, dass es, wie Nietzsche zu betonen liebte, normale Menschen überhaupt nicht gibt. Noch weniger als vollkommene Linien, Kreise, Ellipsen! Für den Pöbel ist jeder nicht ganz gewöhnliche Mensch verrückt; Lombroso bezeichnet das Genie als anormal[2]) — die Berufung auf eine bis zur Illusion der physischen Gegenwart lebhafte Jugend-Erinnerung Goethe's ist mir im Gedächtniss geblieben — ohne aber die Grenze zwischen dem genialen und nicht-genialen Menschen annähernd genau bezeichnen zu können. Ich masse mir als Laie in einer so delikaten Frage kein Urtheil an, aber

---

[1]) Richard Wagner, S. 14. Erwähnte Schrift erschien 1876. Die der tiefsten Eigenart Nietzsche's entstammenden Werke traten damit, weil sämmtlich später, in ein dubitatives Licht!

[2]) Die englische Redensart: „There is a crack, but the crack lets in light" hat diese Ansicht schon früher und feiner wiedergegeben.

ich zögere ebensowenig zu behaupten, dass, wer Nietzsche
vor dem Ende von 1888 für geisteskrank erklären will,
die Consequenzen Lombroso's ziehen und die hervorragen-
den Geister aller Zeiten für suspekt gelten lassen muss.
Im Sommer 87 war Nietzsche zuweilen sehr heiter
und zu harmlosen Scherzen aufgelegt. Es machte ihm
Freude, mich und meine Freundin auf den See zu be-
gleiten, er liess sich in die Kunstgriffe des Ruderns ein-
weihen und genoss den leichten Schimmer von Gefahr,
den die Fahrt bei heftigerem Wind bekam. „Sie sind
doch eine rechte Abenteurerin", rief er mir zu, als ich
ihn eines Morgens bei gewitterschwerem Himmel, als er
sich zur verabredeten Zeit nicht einfand, holen liess und
ungeduldig im Boot stehend erwartete. Und meiner
Freundin, die ihm erzählt hatte, dass sie die tugendhaften
Bedenken einer Dame, mit uns zu fahren, ohne am Boote
mitzuzahlen, mit der Versicherung entkräftet habe, dass
sie uns als Ballast von Nutzen sei, versprach er beim
Aussteigen „das Andenken eines dankbaren Ballastes".

In Erwiderung meiner Einladung zur Mitfahrt nach
Pontresina, forderte Nietzsche uns eines Nachmittags zu
einem Ausflug nach Fedoz auf. An einer der schönsten
Stellen sassen wir lange auf einer Felsplatte und liessen
Blicke und Gedanken in's Weite schweifen. Er begann
von seinen Schuljahren in Pforta und von den Universi-
tätserlebnissen zu erzählen. In Schulpforte, meinte er
vieldeutig, sei er durchschnittlich der Dritte in seiner
Klasse gewesen, entsprechend dem natürlichen Verhältniss,
dass der Fleissigste den ersten, der Tugendspiegel den
zweiten, das Ausnahme-Wesen erst den dritten Posten
in einer nach den üblichen Moral-Principien geordneten
Anstalt erhalten könne. Wenn er unter dem Schulzwang
und den Mitschülern litt, so lag das daran, dass er „so

ein eigentümliches Menschenkind" war, und dem Institut machte er daraus keinen Vorwurf. Die grösstentheils komischen Erinnerungen klangen zuletzt in eine melancholische Stimmung aus, die auf dem kleinen Fussweg abwärts von Laret darin zum Ausdruck kam, dass er aus dem bekannten Jenenser Lied die Verse: „Auf den Bergen die Burgen — Im Thale die Saale" und „Verdorben, gestorben — Ach, Alle zerstreut" halblaut vor sich hinsagte. Seine grösste Lebenskunst war der Zwang zur Fröhlichkeit; das hat ihn, „den Menschen der tiefen Traurigkeit", am Leben erhalten und für seine Aufgabe reif gemacht.

Ungefähr in der Hälfte meines Aufenthaltes riefen mich wichtige Angelegenheiten vorübergehend nach Hause. Meine Freundin wurde in der Zwischenzeit krank. Als ich am dritten Tag Vormittags in Silvaplana aus der Post stieg und eilig nach Sils auszuschreiten begann, hörte ich Jemand hinter mir her laufen und erkannte, mich umwendend, Nietzsche. Er hatte sich Bericht geholt, wann ich einträfe und war aufmerksam genug gewesen, mich abzuholen, obwohl er seine Essensstunde darüber verzögerte.

Der Abschied im September bleibt mir unvergesslich. Der letzte Tag vor meiner Abreise war ein Sonntag. Wir gingen am Strand des Silvaplana-Sees, am Fuss des Corvatsch. Die Luft hatte jenen silbernen Herbstton, den Nietzsche mit „jenseitig" zu bezeichnen liebte. Der See war leise bewegt und die Wellchen, in denen sich rosige Abendwolken malten, liefen murmelnd an das sandige Ufer an und wieder zurück. „Als wollten auch sie Ihnen zum Abschied die Hand reichen", sagte unser Begleiter mit seiner melodischen Stimme. Dann, als wir über den öden Strich Feldes zwischen dem See und der

ihm zugekehrten Seite von Sils heimwanderten, bemerkte
er, ein klein wenig seufzend: „Nun bin ich wieder ver-
wittwet und verwaist."

Mein Gedächtniss spielt mir den Streich, auch einen
andern Umstand aus jener Zeit zu bewahren, einen Umstand, der peinlich klar beweist, wie fremd Nietzsche im
Herbst 87 den officiellen geistigen Grössen Deutschlands
war. Unter einer bunten Abfolge von Besuchen, die ich
nach meiner Heimkehr empfing, befand sich auch der
eines berühmten Ehepaars. Der Mann ist eine schrift-
stellerische Autorität und Geheimer Rath, die seither
verstorbene Gattin war ausgezeichnet durch die geistigen
Traditionen in ihrer Familie und eigene Arbeiten. Wie
Städter auf einem Landschloss, welches der Glanz mannig-
facher Romantik umgiebt, zu sein pflegen, zeigten sich
beide neugierig. Auf einem Tischchen in meiner Studier-
stube lagen Nietzsche's Werke in den neuen Auflagen
mit den Vorreden, die sie sich angelegentlich besahen.
„Wer ist denn das?" fragte der confrater in litteris und
meinte, als meine Freundin und ich ihn etwas hitzig be-
lehrten, nachsichtig lächelnd: „Sieh, sieh! das ist ja eine
kleine Nietzsche-Gemeinde!" „T'en souvient — il?"

V.

Von Ende Januar bis Mitte Mai 1888 weilte ich in
Rom und an der Riviera. Der nachfolgende Sommer
liess sich in der Schweiz trostlos regnerisch an; man
brauchte vor der Hitze nicht in's Hochgebirge zu flüchten.
Trotzdem dachte ich an ein paar Wochen Aufenthalts

in Sils-Maria und wurde darin bestärkt durch einen Brief
von Nietzsche, der seinen Fuss früh im Juni von Turin
nach dem Engadin gelenkt hatte. Er schrieb mir am 17.:
„Es schneit eben nach Leibeskräften: ich sitze in meiner
Höhle und überlege mit einiger Schwermuth, ob nicht
das Wetter (oder der Wettermann) den Verstand verloren
hat. Als ich hier ankam, war es schwül, lästig, eine
Hitze von 24 Grad; es kam mich fast eine Reue an,
Turin verlassen zu haben, wo wir zwar täglich 31 C.
hatten, aber aria limpida elastica und jenen berühmten
Zephyr, von dem ich früher nur durch die Dichter wusste.
Hier oben schmolzen 26 Lawinen: wohin man spazieren
ging, fand man Haufen weissen Schnees: — ich war
6 Tage krank, ehe ich mich wieder mit Sils und dem
Leben vertrug: —

Das schreibe ich im Grunde, um Sie einzuladen, hier
herauf zu kommen. Ich zweifle nicht, dass Sie besseres
Wetter mitbringen — und jene Vernunft, die das Wetter
verloren hat.

In der „Alpenrose" sind vierzehn Personen — fast
lauter Hamburger und Hamburgerinnen. Das flieht
Alles vor dem tropischen Gluth-Sommer, der uns versprochen ist — und sitzt nun im Schnee.

Ich habe eben, mit Hülfe meteorologischer Tabellen,
folgende, ganz unwahrscheinlich klingende Wahrheit festgestellt:

"„Der Januar in Italien"

	heitere Tage	Regentage	Grad der Bewölkung
Turin:	10,3	2	4,9
Florenz:	9,1	9,7	5,7
Rom:	8,2	10	5,8
Neapel:	7,7	10,8	5,2
Palermo:	3,2	13,5	6,5

Das bedeutet, dass im Winter, je tiefer man nach Süden steigt, das Wetter schlechter ist (— weniger helle Tage, mehr Regentage und ein immer trüberer Himmel —). Und wir glauben alle instinktiv das Gegentheil!! — Das schreibe ich im Grunde, um zu fragen, was Sie in Rom und mit Rom erlebt haben. Ich habe oft meinen Zweifel gehabt, ob gerade dieser Winter, wo Rom ausserdem noch im Pilgrim-Dunst lag, Ihnen Freude gemacht hat. Aber zuletzt waren Sie gar nicht dort: ich habe so lange Nichts mehr von Ihnen gehört.

. . . .

Mit der Bitte, mir ein freundliches Wort hier herauf zu sagen

bin ich etc. etc.

Was macht Frl. R.? ist sie bereits promota? — Und Ihre dichterische Freundin?"

Seit dem September des Vorjahrs hatte ich Nietzsche nicht mehr geschrieben, immer in der Sorge, ihm mit Briefen lästig zu fallen. Nun klang doch Etwas, wie ein Vorwurf über mein Stillschweigen aus seinen Zeilen, und ich beschloss, jedenfalls nach Sils zu gehen. Es ist mir jetzt ein tröstlicher Gedanke, dass mich keine Bedenken zurückgehalten haben. Man soll mit seiner Persönlichkeit und seiner Zeit nicht kargen, wo es sich um Elitemenschen handelt, weil jedes Wiedersehen das letzte sein kann.

Die „dichterische Freundin", von welcher Nietzsche schrieb, hatte ihm früher einmal Anlass gegeben, eine seiner Theorien lebhaft zu erörtern. In einem milieu voll der bemühendsten Erscheinungen aufgewachsen, hatte sich das begabte Mädchen früh der Poesie zugewendet und einige reizende Sachen veröffentlicht. Das, was sie zum Leben befähigte, war also gerade das Nicht-Reelle —

die Illusion, in welcher er eine lebenerhaltende Kraft
erkannt und von welcher Seite er ein starkes Licht auf
gewisse moralische Postulate fallen liess, die man anders
zu deuten pflegte.

Es wurde Ende Juli, bis ich abreiste. Die Witterungs-
verhältnisse hatten sich nicht zum Besseren gewendet
und blieben in Sils die nämlichen wie unten im Thale.
Auf meinen Wunsch bekam ich mein früheres Zimmer
im Haus vor der Brücke. Leider — ich gestatte mir
diesen Ausdruck, trotzdem die betreffenden Beziehungen
recht angenehm waren — entging ich diessmal einem
lebhaften Hin und Her von Besuchen nicht. Als
Nietzsche, nachdem er mich mehrmals verfehlt hatte
und überdiess krank gewesen war, eines Tages äusserte:
„Ich habe gar keine chance mehr mit Ihnen“, machte
ich mich in Bezug auf auswärts wohnende Bekannte
freier und erheiterte ihn durch die Bemerkung: „Sie sollen
mir nur ein wenig den Hof machen, das ist ihnen recht
gesund“, die ich auf die zuvorkommendsten unter ihnen
anwandte.

Einen kleinen Ersatz für die abhanden gekommene
Sonne und die häufige Bewegung im Freien bot das
musikalische Talent von zwei Gästen der „Alpenrose“,
einem Musiker von Profession aus Norddeutschland und
einer sehr tüchtigen Dilettantin aus Zürich. Nietzsche
hörte sie etwa Morgens im Conversationszimmer, wir
Anderen auf besondere Bitten nach dem Abendessen.
Mit dem Herrn verkehrte Nietzsche häufig, machte ihn
mit seinem Hymnus an das Leben bekannt und erörterte
Wagner und seine Wirkungen. Herr v. H. war kein
Anhänger des Bayreuther Meisters und gab einmal bei
Tische dem Erstaunen Ausdruck, mit dem er erfahren,
dass Nietzsche „an ihm gelitten“ habe. Der feine causeur

ahnte nicht im entferntesten, wie viel Liebe diesem Leiden vorangegangen war.

Der Zeitpunkt des Drucks seines „Fall Wagner" führte den Verfasser noch mehr als sonst auf seine Beziehungen zum Bayreuther Werk und zu seinem Schöpfer. Wer Nietzsche irgend eines hässlichen Motivs verdächtigt, weil er sich von dem ehemals verehrten Freunde abwandte, hat ihn gründlich missverstanden. Ein giftiges Wort über den Meister müsste in diesem Falle früher oder später einmal die in seiner Seele aufgespeicherte Rancüne, verletzte Eitelkeit, oder was sonst, verrathen haben. Sie fehlten ganz, und wenn er nicht loskommen konnte von dem Bedürfniss, über seine Wandlung Rechenschaft abzulegen, so war es seine Gewissenhaftigkeit, nach erlangter Erkenntniss einer Gefahr nicht zu schweigen, die ihm das Wort auf die Lippe und die Feder in die Hand zwang.

An einem schönen Vormittag im August ruderte ich Nietzsche nach dem kleinen Inselchen zwischen Chastè und Isola, von dem ihm der Entomologe Dr. J. im Herbst 1886 berichtet hatte, dass es an Insektenvolk besonders reich sei. Wir verglichen es mit einem verkleinerten Capri und Anacapri. Später einmal fuhren wir bei trübem Himmel und krausem See um Chastè herum auf die Brücke von Baselgia zu. Mein Begleiter erzählte von Messina und einem Bad, das er in der Meerenge genommen hatte. Wäre nicht ein Hund wie toll um ihn herumgeschwommen, so hätte ein unter dem Wasserspiegel thätiger Strudel ihn unfehlbar verschlungen. „Andere würden den Finger Gottes und eine besondere Berufung darin erkannt haben", schloss er lächelnd. Auch der kleinen Fische und des seltsamen Lebens unter der dicken Eiskruste des Sees im Winter gedachte er.

Trotz der trostlosen Wetterverhältnisse, die auf

Nietzsche's Gesundheitszustand und seine Stimmung drück-
ten, gelang uns ein Ausflug an den Cavloccio-See. Wir
fuhren im Einspänner nach Maloja und gingen von dort
aus zu Fuss. Nietzsche sah den mit seinem düstern Ge-
präge in dieser Gegend die Ausnahme bildenden Wasserspiegel zum ersten — und zum letzten Mal. Unterwegs
war er angeregt und voll von Erinnerungen an die
Kindheitstage in Naumburg und an seine Mutter. „Sie
hatte wunderschöne Augen," bemerkte er und wusste es
der jungen Wittwe, der es an Bewerbern nicht gefehlt
hatte, herzlich Dank, dass sie ihm keinen zweiten Vater
gegeben, der in die Erziehung des „seltsamen Menschen-
kinds" mit rauher Hand eingegriffen haben möchte. Oben
blieb er auf der Bank im Vordergrund des Sees in
schwermüthigem Schweigen sitzen, bis ich ihn leise zum
Aufbruch mahnte. Am anderen Tage ging er, wie so
oft, nach Silvaplana auf die Post und erzählte mir nachher, er habe dem dortigen Beamten eine begeisterte
Schilderung von dem See gemacht. Er lebte so wenig
für sein Vergnügen, dass jede Unterbrechung seiner arbeitsvollen Tage zum Ereigniss für ihn wurde.

An Spaziergängen in der Umgebung von Sils blieben
die paar Wochen arm. Die drei, welche Nietzsche mit
mir machte, hatten zufällig immer die Sägemühle zum
Ziel. Auf dem zweiten — es war in dem stark von
Harz und Kräutern duftenden Hügelwald vor der Ein-
senkung — trafen wir plötzlich auf alle meine näheren
Bekannten aus der „Alpenrose", lauter in helle Kleider
geschlüpfte junge, lebensfrohe Mädchen. Der Contrast
zwischen ihrer sorglosen Liebenswürdigkeit und dem
bedeutungsschweren Gegenstand, den der Denker eben
erörterte, hätte nicht grösser sein können. Dostojewsky's
Idiot und die Gestalt Jesu nach den vier Evangelien!

Merkwürdigerweise hat mich Nichts so unmittelbar in jenen Gedankenkreis zurückversetzt — nicht einmal der „Antichrist" — wie Murillo's Speisung der Fünftausend in der Caridad in Sevilla. Der physiologische Typus Christi, wie ihn der streng-katholische Maler der Gegenreformationszeit zum Ausdruck bringt, deckt sich mit Nietzsche's Auffassung!

Mein Aufenthalt in Rom, zur Zeit als Kaiser Wilhelm starb, die ergreifende Episode der Regierung seines todkranken Sohnes und die so bald eingetretene Nachfolge seines jugendkräftigen Enkels führten uns auf die Erwartungen, die sich an den Charakter des letzteren knüpfen liessen. Ich wiederholte die oberflächlichen, nach der republikanischen Schablone zugeschnittenen aperçus einzelner unserer Blätter. Mit einer ablehnenden Handbewegung schob Nietzsche diese gleichsam bei Seite und hob die Gewissenhaftigkeit als einen wohl zu berücksichtigenden Zug in dem bis dahin wahrnehmbar gewordenen Herrscherprofil mit Nachdruck hervor. Auch die Beziehungen, in welche er sich alsbald zu Frau Cosima Wagner gesetzt hatte, waren ihm nicht entgangen. Das stark Persönliche in Wilhelm II. berührte ihn sympathisch.

Einige von unseren letzten Gesprächen haben schmerzhafte Eindrücke in mir zurückgelassen. Es war nicht Nietzsche's Art, Theilnahme erwecken zu wollen und zu klagen. So anmutig dankbar er die alltäglichen kleinen Aufmerksamkeiten im menschlichen Verkehr annahm, so unmissverständlich lehnte er jede eingreifende Bethätigung im Punkte seines Wohlergehens ab. Im vorhergehenden Sommer hatte er gelegentlich geäussert, dass ihm das „Herumschneiden in einem Schinken" zuwider sei und er doch am Ort keinen Aufschnitt bekommen könne.

Eine Dame wies ihn an ein Geschäft in Basel, aus welchem er sich mehrmals kleine Sendungen kommen liess, an denen sich ein neuer Übelstand in Gestalt einer Menge beigegebenen Fetts herausstellte. Es gelang mir, ihm die Adresse einer Anstalt für Magenkranke zu verschaffen, wo er ihn in der erforderlichen Qualität erhalten konnte. So weit, gut. Aber das waren unerhebliche Dinge; gründlich würde nur die Abnahme sämmtlicher Sorgen um seine Leiblichkeiten geholfen haben — wenn er dadurch nicht wieder in ein Gefühl der Abhängigkeit von der Person, die sie trug, hineingedrängt worden wäre. Er wollte noch lieber unter jenen leiden als unter diesem. Die fanatische Liebe zur Unabhängigkeit, die ich selber habe, bedingte, dass ich ihn hierin vollkommen verstand. Ich habe ihm desshalb nie Etwas angeboten, was er ablehnen musste. Aber er that mir leid.

Wohl lachte er über den italienischen Burschen, der ihm in Turin allmälig seine Cacaobüchsen auslöffelte; wohl belustigte ihn die Scene, wie er Abends spät in Sils eine leergewordene Zuckerdüte vor seine Zimmerthüre stellte, sein Hauswirth am Morgen mit zum Munde geführten Finger prüfte, was der Inhalt gewesen sein möchte, um ihn bis er aufstand und sein Frühstück bereitete, zu ergänzen; wohl ironisierte er den Verlust einiger Wäschestücke, den Ruin anderer — aber zeitweilig verwundeten ihn die kleinen Miseren doch.

Tiefer bekümmerte mich die zunehmende Aussichtslosigkeit, dass er seine Werke anders als im Selbstdruck herausgeben könnte, von der er mir kurz vor unserer letzten Trennung sprach. Ich fürchte, die Besorgniss, dass sein Kapital zu Ende gehen könnte, ehe die Aufgabe gelöst war, die er sich gestellt, hatte angefangen, sich in noch grösserer Strenge gegen sich selbst, in gesteigerter

Entsagung zu bethätigen. „Ich habe kein Vermögen,"
sagte er, wohl weil er sich mehr vorsetzte, als er damit
decken zu können erwartete. Damals wurde mir klar,
dass der höchste Begriff der Freundschaft Einen veran-
lassen würde, einfach den Freund zu fragen: „Kannst
Du für mich eintreten?" weil der Freund die Auszeichnung
eines solchen Vertrauens empfände!

Für den Winter sprach Nietzsche von Turin, „dem
vornehmen," mit den weiten Strassen, und von Corsika.
Eine der Damen in der „Alpenrose" hatte sich nach Ajaccio
geflüchtet gehabt, um den Folgen eines Lungenspitzen-
katarrhs vorzubeugen. An sie wandte er sich um Aus-
kunft über die dortigen Verpflegungsverhältnisse für
Fremde. Ich plante für's Frühjahr einen langen Besuch
bei Freunden und Verwandten in Irland und England.
An ein nahes Wiedersehen liess sich angesichts dessen
nicht denken.

Am letzten Nachmittag vor meiner Abreise kam
Nietzsche herüber, um noch längere Zeit zu plaudern.
Der Besuch einer Bekannten, den ich annehmen musste,
verscheuchte ihn bald. So sprach er gegen Abend noch
einmal vor, diessmal mit besserem Erfolg.

Ich will nicht sagen, dass besondere Empfindungen
mich bewegten, weil ich nicht sicher bin, ob derartige
Vermutungen nicht erst nachträglich in die Erinnerung
hineingetragen werden. Traurig hatte mich jeder Ab-
schied von Nietzsche gemacht. Das Eine weiss ich be-
stimmt: nachdem er fortgegangen war, trat ich an's
Fenster und sah ihm in der Dämmerung des sinkenden
Tages nach. Er ging mit leicht nach links gesenktem
Kopfe, wie es seine Art war, über die Brücke seiner
„Höhle" zu.

VI.

Wenn die Philosophieprofessoren im Allgemeinen sich auf die Treue Etwas zu gute thun, die sie einem Systeme halten, so hat der Philosoph Nietzsche im Gegentheil von früh bis spät das System abgelehnt. Er warnt vor denen, die, indem sie „ein System ausfüllen wollen und den Horizont darum rund machen, versuchen müssen, ihre schwächeren Eigenschaften im Stile ihrer stärkeren auftreten zu lassen",[1]) und sagt geradeheraus: „Es gibt keine alleinwissendmachende Methode der Wissenschaft! Wir müssen versuchsweise mit den Dingen verfahren . . . Wir Forscher sind wie alle Eroberer, Entdecker, Schifffahrer, Abenteurer von einer verwegenen Moralität und müssen es uns gefallen lassen, im Ganzen für böse zu gelten." [2])

In Nietzsche's Wesen war ein stetes Wachsthum, daher Werdeprozess, Entwicklung, Ausbreitung, Wandel, Wechsel. „Die Geister, welche man verhindert, ihre Neigungen zu wechseln, hören auf, Geist zu sein." [3]) Was seine Zeit gehabt hatte, dorrte ab; Anderes wuchs nach, wuchs in unvorhergesehener Richtung weiter und erhielt eine neue Bedeutung. Als mächtige Persönlichkeit that er auf den jeweiligen Stufen seines Zur-Höhe-Strebens die Resultate kund, welche die Spiegelung von Innen- und Aussenwelt in seinem Geiste krystallisiert hatte. „Ich muss weg über hundert Stufen — Ich muss empor und hör euch rufen: — ‚Hart bist du! Sind wir denn

---

[1]) Morgenröthe, Aph. 318.
[2]) Morgenröthe, Aph. 432.
[3]) Morgenröthe, Aph. 573.

von Stein?' — Ich muss weg über hundert Stufen, —
Und Niemand möchte Stufe sein."[1])

„Der Mangel an Person rächt sich überall; eine ge-
schwächte, dünne, ausgelöschte, sich selbst leugnende
und verleugnende Persönlichkeit taugt zu keinem guten
Dinge mehr, — sie taugt am wenigsten zur Philosophie.
Die „Selbstlosigkeit" hat keinen Werth im Himmel und
auf Erden; die grossen Probleme verlangen alle die
grosse Liebe, und dieser sind nur die starken, runden,
sicheren Geister fähig, die fest auf sich selber sitzen.
Es macht den erheblichsten Unterschied, ob ein Denker
zu seinen Problemen persönlich steht, so dass er in ihnen
sein Schicksal, seine Noth und auch sein bestes Glück
hat, oder aber „unpersönlich": nämlich sie nur mit den
Fühlhörnern des kalten, neugierigen Gedankens anzu-
tasten und zu fassen versteht. In letzterem Falle kommt
Nichts dabei heraus."[2]) Nietzsche's Philosophie ist Per-
sönlichkeits-Philosophie — so lösen sich die scheinbaren
Widersprüche.

Nietzsche hat Vieles unerschrocken ausgesprochen,
was empfindelnden Wesen beiderlei Geschlechts Anstoss
gibt, den brutalen zur Rechtfertigung ihrer Gewaltthaten,
den sinnlichen zur Beschönigung ihrer Lüste dient. Sie
Alle prüfen nicht, wer da redet und wann, ob aus
Opposition gegen Zeitströmungen, oder im Zuruf an die
Unzeitgemässen, an keine Zeit besonders Gebundenen. Sie
übersehen, dass Zarathustra anders spricht zu seinen
Jüngern, als zu den übrigen Menschen und anders zu
sich, als zu seinen Schülern.[3]) Alles gebührend in Betracht gezogen, bleibt für die Zimperlichen kein Vorwand,

---

[1]) Die fröhliche Wissenschaft, S. 21.
[2]) Die fröhliche Wissenschaft, Aph. 345.
[3]) Also sprach Zarathustra, S. 209.

sich zu entsetzen, für die Zuchtlosen, sich ihrer Rohheit zu rühmen.

Nehmen wir den delikatesten Punkt zuerst.

Ein Kapitel im dritten Theil des „Zarathustra" heisst: „Von den drei Bösen." In diesem Kapitel steht u. A. Folgendes: „Wollust, Herrschsucht, Selbstsucht: diese drei wurden am besten verflucht und am schlimmsten beleu- und belügenmundet, — diese drei will ich menschlich gut abwägen . . .

Auf welcher Brücke geht zum Dereinst das Jetzt? Nach welchem Zwange zwingt das Hohe sich zum Niederen? Und was heisst auch das Höchste noch — hinaufwachsen? — Nun steht die Wage gleich und still: drei schwere Fragen warf ich hinein, drei schwere Antworten trägt die andere Wagschale.

Wollust: allen busshemdigen Leibverächtern ihr Stachel und Pfahl, und „Welt"verflucht bei allen Hinterweltlern: denn sie höhnt und narrt alle Wirr- und Irrlehrer.

Wollust: dem Gesindel das langsame Feuer, auf dem es verbrannt wird; allem wurmichten Holze, allen stinkenden Lumpen der bereite Brunst- und Brodelofen.

Wollust: für die freien Herzen unschuldig und frei, das Gartenglück der Erde, aller Zukunft Dankes-Überschwang an das Jetzt.

Wollust: nur dem Welken ein süsslich Gift, für die Löwen-Willigen aber die grosse Herzstärkung, und der ehrfürchtig geschonte Wein der Weine.

Wollust: das grosse Gleichniss — Glück für höheres Glück und höchste Hoffnung. Vielem nämlich ist Ehe verheissen und mehr als Ehe, —

Vielem, das sich fremder ist, als Mann und Weib: — und wer begriff es ganz, wie fremd sich Mann und Weib sind!

Wollust: — doch ich will Zäune um meine Gedanken haben und auch noch um meine Worte: dass mir nicht in meine Gärten die Schweine und Schwärmer brechen. —

Herrschsucht: die Glühgeissel der härtesten Herzensharten; die grause Marter, die sich dem Grausamsten selber aufspart; die düstre Flamme lebendiger Scheiterhaufen.

Herrschsucht: die boshafte Bremse, die den eitelsten Völkern aufgesetzt wird; die Verhöhnerin aller ungewissen Tugend; die auf jedem Rosse und jedem Stolze reitet.

Herrschsucht: das Erdbeben, das alles Morsche und Höhlichte bricht und aufbricht; die rollende grollende strafende Zerbrecherin übertünchter Gräber; das blitzende Fragezeichen neben vorzeitigen Antworten.

Herrschsucht: vor deren Blick der Mensch kriecht und duckt und fröhnt und niedriger wird als Schlange und Schwein; — bis endlich die grosse Verachtung aus ihm aufschreit —,

Herrschsucht: die furchtbare Lehrerin der grossen Verachtung, welche Städten und Reichen in's Antlitz predigt „Hinweg mit dir!" bis es aus ihnen selber aufschreit „hinweg mit mir!"

Herrschsucht: die aber lockend auch zu Reinen und Einsamen und hinaus zu selbstgenugsamen Höhen steigt, glühend gleich einer Liebe, welche purpurne Seligkeiten lockend an Erdenhimmel malt.

Herrschsucht: doch wer hiesse es Sucht, wenn das Hohe hinab nach Macht gelüstet! Wahrlich, nichts Sieches und Süchtiges ist an solchem Gelüsten und Niedersteigen!

Dass die einsame Höhe sich nicht ewig vereinsame und selbst begnüge; dass der Berg zu Thale komme, und die Winde der Höhe zu den Niederungen: —

Oh, wer fände den rechten Tauf- und Tugendnamen für solche Sehnsucht! „Schenkende Tugend" — so nannte das Unnennbare einst Zarathustra.

Und damals geschah es auch — und wahrlich, es geschah zum ersten Male! —, dass sein Wort die Selbstsucht selig pries, die heile, gesunde Selbstsucht, die aus mächtiger Seele quillt: —

— aus mächtiger Seele, zu welcher der hohe Leib gehört, der schöne, sieghafte, erquickliche, um den herum jedwedes Ding Spiegel wird:

— der geschmeidige überredende Leib, der Tänzer, dessen Gleichniss und Auszug die selbst-lustige Seele ist. Solcher Leiber und Seelen Selbst-Lust heisst sich selber: „Tugend".

Mit ihren Worten von Gut und Schlecht schirmt sich solche Selbst-Lust wie mit heiligen Hainen; mit den Namen ihres Glücks bannt sie von sich alles Verächtliche. . . .

Schlecht: so heisst sie Alles, was geknickt und knickerisch-knechtisch ist, unfreie Zwinker-Augen, gedrückte Herzen, und jene falsche nachgebende Art, welche mit breiten feigen Lippen küsst." [1]

Wer feine Ohren und zarte Finger hat, hört und greift die wundersame Nuancirung, welche die drei gelästerten Worte hier bekommen haben. Der Mann, der sie damit begabt, thut es vermöge seiner eigensten Natur. Nietzsche kannte das Schmutzige nur vom Hörensagen, nicht aus Erfahrungen an sich selbst. Er, der als ganz junger Mann den Satz niederschrieb: „Beiläufig finde ich, dass Keuschheit eine der mächtigsten Förderungen der Lebensenergie ist," [2] dem Reinheit und Schamhaftig-

[1]) Also sprach Zarathustra, S. 275/79.
[2]) Werke, Bd. X, S. 384.

keit einen Schmelz der Jugend verliehen, den selbst die Krankheit noch nicht wegzuwischen vermocht hat, nahm sich das Recht heraus — und mit Recht — über die am meisten gehätschelten, am besten verkleideten, mächtigsten und entartetsten Triebe mit dem Freimut zu sprechen, den die Unschuld gibt. Warum betont er immer und immer wieder die Ungleichheit der Menschen, die verschiedene Bedeutung desselben Worts und derselben That bei zweierlei Naturen, wenn nicht um zwischen ihm und den „Schweinen" ein Missverständniss unmöglich zu machen?

Wie sehr Nietzsche an seinen Instinkten die besten Berather hatte, das lehrt der oben angeführte Satz. Dass er richtig ist, hat die Erfahrung oft bestätigt, aber auch die Physiologie neulich wissenschaftlich begründet.[1]) Man erinnert sich an die Antwort, welche Michel Angelo den Krittlern seiner jugendlichen Gottesmutter in der Pietà gab: „Wisst ihr nicht, dass keusche Frauen länger jung bleiben?" und daran, dass fast alle Geistesheroen ersten Ranges mehr oder minder enthaltsam lebten. Die unumgängliche Voraussetzung ist die auch im Neuen Testament erwähnte. Das Geblüt ist massgebend, unterstützt durch die Zucht.

„Die geringere Fruchtbarkeit, die häufige Ehelosigkeit und überhaupt die geschlechtliche Kühle der höchsten und cultivirtesten Geister, sowie der zu ihnen gehörenden Klassen, ist wesentlich in der Oekonomie der Menschheit: die Vernunft erkennt und macht Gebrauch davon, dass bei einem äussersten Punkte der geistigen Entwicklung die Gefahr einer nervösen Nachkommenschaft sehr gross ist: solche Menschen sind Spitzen der Menschheit,

---

[1]) A. Herzen: Wissenschaft und Sittlichkeit, S. 7: „In der letzten Zeit ist der Physiologie ein neues Kapitel beigefügt worden" u. s. w.

— sie dürfen nicht weiter in Spitzchen auslaufen."[1] Zur Compensation wies die Naturanlage Nietzsche auf die Freundschaft und wenn er die Freundschaft zwischen beiden Geschlechtern ein wenig perhorrescirte, so geschah das mehr später, nach schlimmen Erfahrungen. Man braucht nur seine Briefe an Fräulein von Meysenbug in Frau Dr. Foerster's Buch nachzulesen, um sich über seine ursprüngliche Empfänglichkeit für Freundschaft mit Frauen klar zu werden. Ein Weiberfeind ist er nie gewesen und hatte nicht nötig, es zu sein; einer meiner Bekannten hat er den Umgang mit Frauen sogar als den von ihm bevorzugten bezeichnet. Die Frau interessierte ihn, interessierte ihn vielleicht mehr als der Mann und die Keuschheit seiner Empfindungen bewahrte ihn vor jeder Gefahr. Er sagt selber: „Das Weib ist unser Feind" — wer so als Mann zu Männern spricht, aus dem redet der ungebändigte Trieb, der nicht nur sich selber, sondern auch seine Mittel hasst."[2] — Und über die Freundschaft zwischen Mann und Frau schreibt er Etwas, was nur um eine Linie von dem entfernt ist, was ihm vom hochgeistigen Manne gilt. „Frauen," heisst die Stelle, „können recht gut mit einem Manne Freundschaft schliessen; aber um diese aufrecht zu erhalten — dazu muss wohl eine kleine physische Antipathie mithelfen,"[3] — und eine andere: „Wenn ein Weib gelehrte Neigungen hat, so ist gewöhnlich Etwas an ihrer Geschlechtlichkeit nicht in der Ordnung."[4] — Setzen wir an die Stelle der Antipathie und des „nicht in der Ordnung" die Kühle der Geschlechtlichkeit, wie sie Nietzsche oben den höchsten

---

[1] Der Wanderer und sein Schatten, Aph. 197.
[2] Morgenröthe, Aph. 346.
[3] Menschliches, Allzumenschliches, Aph. 390.
[4] Jenseits von Gut und Böse, Aph. 144.

Geistern vindicirt, so ergibt sich für die Frau die gleiche
Oekonomie wie für den Mann, die Vermeidung der
Spitzchen, als ganz in der Ordnung, und eo ipso ihre
Fähigkeit zu einer Freundschaft, die da wäre: „eine Fortsetzung der Liebe, bei der jenes habsüchtige Verlangen
zweier Personen nach einander einer neuen Begierde und
Habsucht, einem gemeinsamen höheren Durste nach
einem über ihnen stehenden Ideale gewichen ist." [1]
Ich glaube des Weiteren, nicht irre zu gehen, wenn
ich Nietzsche's Ehelosigkeit nicht aus der Abneigung
gegen die Ehe — wenigstens wie er sie fasste — ab-
leite. Massgebend aber war für ihn die Stellung zu
seinem Werk, zu seiner die ganze Person fordernden
Aufgabe, welche eine Ehe in den bisher üblichen Formen
unausbleiblich gefährdet hätte. Der „Kleine-Leute-Geruch"
und „Kleine-Häuser-Raum", in dem sich so viele Männer
und Frauen wohl fühlen; die Bemutterung des „lieben
Männchens" durch das praktischere Weibchen; alle die
unersättlichen Ehrgeizchen nach Ruf und Stellung; das
bescheidene Schätzen und Werthen nach herkömmlichen
Massen und Gewichten; dieses Streben und Trachten
und Sich-Wenden und Biegen war nicht die Atmosphäre,
in der seine „wilde Weisheit" ihrer Fruchtbarkeit froh
geworden wäre. Den Compromiss mit dem Alltagsmass-
stab und der Allerwelts-Optik liess seine Wahrheitsliebe,
das stetige Verwunden und Enttäuschen seiner Umgebung
sein Herz nicht zu. Sein Werk war sein Kind, dem er
alles Übrige opferte: auch den Sehnsuchtsschrei seiner
liebebedürftigen Seele, auch das Ruheverlangen seines
müden Fusses. Virescit volnere virtus — Leiden, Ent-
behren und Einsamkeit führten auf die Höhen der Er-

---

[1] Die fröhliche Wissenschaft, Aph. 14.

kenntniss: er war bereit, den Preis zu zahlen, um den er
sie erreichte.

An einem der wenigen Regentage, die uns der
Sommer 1887 brachte, kam Nietzsche in der früh ein-
brechenden Abend-Dämmerung zu mir herüber. Der
fallende Regen, die feuchte Luft, der voreilige Einbruch
der Nacht stimmten herbstlich, fast winterlich. Man besann sich plötzlich auf das nahe Ende der schönen Jahreszeit und sah sich nachdenklich in seiner häuslichen Umgebung um. Nietzsche überfiel das schneidende Gefühl
der Heimatlosigkeit so heftig, dass er ihm Worte lieh.
Die einzelnen Bilder seiner Wanderexistenz zogen an
seinem innern Auge vorüber und machten ihn schaudern.
In Genua hatte er einst unzählige Treppen hoch bei
kleinen Leuten gewohnt und sich wochenlang von
frischen Feigen und einigen Scheibchen Schinken ge-
nährt. Das war zur Zeit des tiefsten Standes seiner
Kräfte, der sich u. A. auch in der ihm sonst so fremden
Furcht vor der Armut äusserte. Er sah immer das Auf-
hören der Pension vor sich. Aus dieser Sorge heraus
lebte er sehr dürftig und beauftragte seine Wirthin, ihm
eine billige Sorte Kerzen einzukaufen. Die Frau, für
deren schlichtes Gefühl der anspruchslose Fremde mit
seinen Einsiedler-Gewohnheiten „un piccolo Santo" war,
legte, wie er einmal zufällig entdeckte, von ihrem Gelde
darauf, um dem Augenleidenden bessere bringen zu
können. — Das Pensionsleben in Nizza mit seinem
modernen, ungemütlichen comfort war noch schlimmer.
Mit brennender Sehnsucht kam es ihm z. B. am Weih-
nachtsabend zum Bewusstsein, dass er keine Familie hatte.

In Nizza befand er sich nachgerade so wenig behag-
lich, dass er sich ironisch mit dem auf dem Dache sitzen-
den Greis des Leipziger Spottliedes verglich. Der sinn-

lose Luxus und die frivole Lebensweise der kosmopolitischen
Krankenwelt um ihn her waren ihm so nahe gerückt, so
zuwider, dass die paradiesische Natur, die Gelegenheit zu
musikalischen Genüssen, die Lesekabinete mit ihren viel-
fachen literarischen Hülfsmitteln, je länger je weniger der
niederdrückenden Wirkung das Gegengewicht halten
konnten. Wir besitzen zwei Gedichte von Nietzsche, in
denen seine Heimats-Sehnsucht sich erschütternd in Worten
Luft macht. Das erste schliesst:

> „Dies ist der Herbst: der — bricht dir noch das Herz!
> Flieg fort! flieg fort!"

und des andern erste und letzte Strophe lauten:

> „Die Krähen schrein
> Und ziehen schwirren Flugs zur Stadt:
> Bald wird es schnein —
> Wohl dem, der jetzt noch Heimath hat!"

das zweite Mal mit der Variante:

> „Weh dem, der keine Heimath hat!"[1])

An jenem schwermutvollen Nachmittag war es auch,
dass Nietzsche im Anschluss an die Besprechung einiger
modernen Ehen sagte: „Alles Illegitime ist mir eigentlich entsetzlich!" Ein Seitenstück dazu steht in den Auf-
zeichnungen über Wagner, die im XI. Band der Werke[2])
ihren Platz haben:

> „Brünhilde liebt: mag die Welt zu Grunde gehen.
> Siegfried liebt: was schiert ihn das Mittel des Betrugs
>   (ebenso Wotan).
> Wie ist mir das Alles zuwider!"

---

[1]) Werke, Bd. VIII, S. 330 und 335.
[2]) S. 127; Aph. 142.

Hält man das zusammen mit seiner Verherrlichung
der Typen der Renaissance, so zeigt sich abermals, wie
sehr für ihn der Satz galt: „Si duo faciunt idem, non
est idem." Die Illegitimitäten der Renaissance-Menschen
waren Ausflüsse überströmender Lebenskraft; sie ruhten
auf einem unbekümmerten Machtgefühl und gutem Gewissen, oder keinem, was bei unseren berühmten „Un-
treuen" nicht behauptet werden kann. Nietzsche hat die
Prachtexemplare solcher Zeiten empfunden und hervor-
gehoben als den Gegensatz zu den heuchlerischen und
anbrüchigen Humanitäts-Aposteln der Gegenwart und in
ihnen ebensosehr die Träger einer hohen Cultur erblickt,
wie in diesen die Zerstörer. Unsere Sentimentalen und
unsere Bestialischen übersehen gleichermassen, dass die
Exuberanz des Lebenswillens bei jenen der Exuberanz
der Persönlichkeit entsprang, während bei diesen auf
einem übrigens sterilen Boden nur die Begierde üppig
in's Kraut schiesst.

Nietzsche's leitende Gedanken und Lehren — es sind
zugleich die missliebigsten und angefochtensten — wurzeln
zugleich in der Fülle und Kraft und in der Zartheit
und Resonanzfähigkeit seiner Ausnahme-Natur. Wenn
das Zeitgeschlecht milde, weich, mitleidig sein und scheinen will, weil es weichlich, üppig und furchtsam ist, so
wollte Nietzsche, der thatsächlich ersteres in hohem Masse
war, es weder sein, noch scheinen. Er verwarf das
hochgefeierte Mitleiden aus Schwäche, als eine leben-
schädigende Gefühlsausschweifung und pries das Mitleiden des Starken. „Ein Mann, der sagt: „Das gefällt
mir, das nehme ich zu eigen und will es schützen und
gegen Jedermann vertheidigen; ein Mann, der eine Sache
führen, einen Entschluss durchführen, einem Gedanken
Treue wahren, ein Weib festhalten, einen Verwegenen

strafen und niederwerfen kann; ein Mann, der seinen
Zorn und sein Schwert hat, und dem die Schwachen,
Leidenden, Bedrängten, auch die Thiere gern zufallen
und von Natur zugehören, kurz ein Mann, der von Natur
Herr ist, — wenn ein solcher Mann Mitleiden hat, nun!
dies Mitleiden hat Werth! Aber was liegt am Mitleiden
derer, welche leiden! Oder derer, welche gar Mitleiden
predigen![1]

Ich denke, alle scharfsichtigen und aufrichtigen Zu-
schauer beim Spiel des Lebens wissen, wie viel Mitleiden
aus Schwachheit und wie wenig aus Stärke es gibt!
Aber gerade die Mitleidigen aus Armut schelten das
männliche, das rettende und bewahrende Mitleiden Härte.
„Heilige Grausamkeit" nennt es Nietzsche und fährt fort:
„Zu einem Heiligen trat ein Mann, der ein eben ge-
bornes Kind in den Händen hielt. „Was soll ich mit
dem Kinde machen? fragte er, es ist elend, missgestaltet
und hat nicht genug Leben, um zu sterben." „Tödte es,
rief der Heilige mit schrecklicher Stimme, tödte es und
halte es dann drei Tage und drei Nächte lang in deinen
Armen, auf dass du dir ein Gedächtniss machest: — so
wirst du nie wieder ein Kind zeugen, wenn es nicht an
der Zeit für dich ist, zu zeugen." — Als der Mann dies
gehört hatte, ging er enttäuscht davon und Viele tadelten
den Heiligen, weil er zu einer Grausamkeit gerathen
hatte, denn er hatte gerathen, es zu tödten. „Aber ist
es nicht grausamer, es leben zu lassen?" sagte der
Heilige."[2]

Es dürfte einmal eine Zeit kommen, die es Nietzsche
Dank weiss, dass er die „vergötterten Mitleids- Selbstver-
leugnungs- Aufopferungsinstinkte" ihrer erhabenen Hüllen

---

[1] Jenseits von Gut und Böse, Aph. 293.
[2] Die fröhliche Wissenschaft, Aph. 73.

entkleidete, und das Ziel zeigte, auf welches sie die
Menschheit zuführen. „Gerade hier sah ich die grosse
Gefahr der Menschheit, ihre sublimste Lockung und Ver-
führung — wohin doch? in's Nichts? — gerade hier sah
ich den Anfang vom Ende, das Stehenbleiben, die zu-
rückblickende Müdigkeit, den Willen gegen das Leben
sich wendend, die letzte Krankheit sich zärtlich und
schwermüthig ankündigend: ich verstand die immer mehr
um sich greifende Mitleids-Moral, welche selbst die Philosophen ergriff und krank machte, als das unheimlichste
Symptom unsrer unheimlich gewordenen europäischen
Cultur, als ihren Umweg zum neuen Buddhismus? zu
einem Europäer-Buddhismus? zum Nihilismus? . . . . .
Diese moderne Philosophen-Bewegung und Überschätzung
des Mitleidens ist nämlich etwas Neues: gerade über den
Unwerth des Mitleidens waren bisher die Philosophen
übereingekommen. Ich nenne nur Plato, Spinoza, La
Rochefoucauld und Kant, vier Geister, so verschieden
von einander als möglich, aber in Einem Eins: in der
Geringschätzung des Mitleidens." [1])

Bei unseren Gesprächen ergaben concrete Beispiele
aus unserem Erfahrungskreis wiederholt die Consequenz,
dass das Leben, welches Werth und Zukunftsberechtigung
hat, durch die Summe von Handlungen, die den Menschen
zu Gunsten von allem möglichen Wurmstich abgewonnen
werden, ohne dass ihnen die Tragweite zum Bewusstsein
kommt, erheblich erschwert und herabgewürdigt wird.
Nietzsche erzählte, er habe in Nizza ein Concert besucht,
bei dem der Eintritt von fünf Franken für lattanti erlegt
wurde und sich nachher gefragt, welche Art von Frauen
und Nachkommenschaften auf diese Weise unterstützt

---

[1]) Vorrede zur Genealogie der Moral, V, S. IX/X.

und mittelbar erleichtert würden. Die Antwort trifft für eine ganze Reihe ähnlicher Veranstaltungen zu. Aber die veränderte Stellungnahme zu allerhand Gebrechen wirkt noch in grösserer Nähe verhängnissvoll. Anstatt das Kranke auszumerzen, wo es auf die Zukunft übertragen werden kann, wird es vielmehr durch die Ausdehnung des Mitleids-Begriffs zum gleichwerthigen, durch gewisse Besonderheiten der Verhältnisse sogar zum begünstigten Mitbewerber. So hatte sich ein Bekannter mit einem Mädchen aus einer durch verdorbenes Blut ausgezeichneten Familie verbunden, ein anderer eine Taubstumme geheiratet; in beiden Fällen kam das Geld mit in Frage. Ein Beispiel, welches ich anführte, nicht ohne mit einer gewissen Schärfe zu tadeln, eben weil es sich um Menschen handelte, die ich liebte, schien Nietzsche zu verstimmen. Ich gewann den Eindruck, dass es ihn unangenehm berühre, dass ich als Frau mir den Blick nicht durch die Neigung trüben liess. Aber ich verstand ihn besser, als er am folgenden Tag zu mir sagte: „Sie sollten nur mit glücklichen und gesunden Menschen leben."

Nietzsche wusste, dass Mitleiden, wahres, nicht conventionelles Mitleiden die Kräfte zerbricht, die dem Leben zu gute kommen sollen. Nicht am wenigsten das Mitleiden des Hochgearteten mit Seinesgleichen! „Je mehr ein Psycholog, ein geborner, ein unvermeidlicher Psycholog und Seelen-Errather sich den ausgesuchteren Fällen und Menschen zukehrt, um so grösser wird seine Gefahr, am Mitleiden zu ersticken: er hat Härte und Heiterkeit nöthig, mehr als ein anderer Mensch. Die Verderbniss, das Zugrundegehen der höheren Menschen, der fremder gearteten Seelen ist nämlich die Regel: es ist schrecklich, eine solche Regel immer vor Augen zu haben . . . Man wird fast bei jedem Psychologen eine verrätherische Vorneigung und Lust am Umgange mit alltäglichen und wohlgeordneten Menschen wahrnehmen: daran verräth sich, dass er immer einer Heilung bedarf, dass er eine Art Flucht und Vergessen braucht, weg von dem, was ihm sein „Handwerk" auf's Gewissen gelegt hat . . . Welche Marter sind die höheren Menschen für den, der sie einmal errathen hat! . . . Ach, der Wissende des Herzens erräth, wie arm, dumm, hülflos, anmasslich, fehlgreifend, leichter zerstörend als rettend auch die beste, tiefste Liebe ist! —"[1])

Eine Folge der eigenen Tapferkeit gegenüber der eigenen Feinfühligkeit war für Nietzsche das Errathen fremder Tapferkeit bei der gleichen Voraussetzung. So sprachen ihn die in Comödiendichter verkleideten Menschen der tiefen Traurigkeit, wie Aristophanes und Molière, deren Blut er dem seinen verwandt fühlte, besonders an. Hart — weil leicht verwundbar, von einer sieghaften Fröhlichkeit in Wort und Geberde — weil im Herzen ernst bis zur Schwermut, so kühn, dass der Angriff auf die Götzen der Menge von klingendem Spiel begleitet sein musste — das charakterisirt den furchtbaren Gegner Kleon's, wie den Verächter des heutigen Demos. Wer so tief leiden kann wie die beiden Dichter und unser Dichter-Philosoph, der verkehrt zuletzt auch mit sich selber öfters unter einer Maske, um das Leben noch ertragen zu können.

Dadurch erreicht er zweierlei: erstens geht er unbekümmert auf den Feind los, den er bekämpft — die gleiche Taktik wendet der Spanier bei dem Pferde an, das er mit verbundenem Auge dem Stier in der Arena entgegentreibt — und zweitens wird er am Ende das, was er lange

---

[1]) Jenseits von Gut und Böse, Aph. 269.

scheinen wollte, nämlich „fröhlich, hart, ein Kriegs-
mann". Solche Masken sind Mittel der Zucht, der
Selbst-Zucht.

Wie das Mitleiden der Plebs, so verdammt Nietzsche
den damit verwachsenen Altruismus des Pöbels. [1]) Hier
wie dort handelt es sich um das Herausschälen des vornehmen Begriffs aus dem Begriffsconglomerat, das der
landläufige Ausdruck deckt. „Man hat schlecht dem
Leben zugeschaut, wenn man nicht auch die Hand gesehen hat, die auf eine schonende Weise — tödtet." [2])
Vom Altruismus im Vulgärsinn zu solchem Altruismus
liegen viele Schritte.

Anstatt den Vulgär-Altruismus als etwas Edles,
Schönes und Gutes gelten zu lassen, wie Andere ohne
Weiteres thun, prüft Nietzsche seine Herkunft und seine
Bedeutung. „Moralische Mode einer handel-
treibenden Gesellschaft. — Hinter dem Grundsatze
der jetzigen moralischen Mode: „moralische Handlungen
sind die Handlungen der Sympathie für Andere" sehe
ich einen socialen Trieb der Furchtsamkeit walten, welcher
sich in dieser Weise intellektuell vermummt: dieser Trieb
will als Oberstes, Wichtigstes, Nächstes, dass dem Leben
alle Gefährlichkeit genommen werde, welche es früher
hatte, und dass daran Jeder und mit allen Kräften helfen
soll: desshalb dürfen nur Handlungen, welche auf die ge-
meinsame Sicherheit und das Sicherheitsgefühl der Gesellschaft abzielen, das Prädicat „gut" bekommen! —
Wie wenig Freude müssen doch jetzt die Menschen an
sich haben, wenn eine solche Tyrannei der Furchtsam-

---

[1]) Um den alten, blöden Einwand vorwegzunehmen, betone ich, dass
„Plebs" und „Pöbel" von mir nicht als synonym mit gewissen Gesellschafts-
klassen gebraucht wird.

[2]) Jenseits von Gut und Böse, Aph. 69.

keit ihnen des oberste Sittengesetz vorschreibt, wenn sie
es sich so widerspruchslos anbefehlen lassen, über sich,
neben sich wegzusehen, aber für jeden Nothstand, für
jedes Leiden anderwärts Luchs-Augen zu haben! Sind
wir denn bei einer solchen ungeheuren Absichtlichkeit,
dem Leben alle Schärfen und Kanten abzureiben, nicht
auf dem besten Wege, die Menschheit zu Sand zu
machen? Sand! Kleiner, weicher, runder, unendlicher
Sand? Ist das euer Ideal, ihr Herolde der sympathischen
Affektionen? — Inzwischen bleibt selbst die Frage un-
beantwortet, ob man dem Andern mehr nützt, indem
man ihm unmittelbar fortwährend beispringt und hilft
— was doch nur sehr oberflächlich geschehen kann, wo
es nicht zu einem tyrannischen Übergreifen und Um-
bilden wird — oder indem man aus sich selber Etwas
formt, was der Andere mit Genuss sieht, etwa einen
schönen, ruhigen, in sich abgeschlossenen Garten, welcher
hohe Mauern gegen die Stürme und den Staub der Land-
strassen, aber auch eine gastfreundliche Pforte hat."[1]

„Die „Religion des Mitleidens", zu der man uns
überreden möchte — oh wir kennen die hysterischen
Männlein und Weiblein genug, welche heute gerade
diese Religion zum Schleier und Aufputz nöthig haben!
Wir sind keine Humanitarier; wir würden uns nie zu
erlauben wagen, von unsrer „Liebe zur Menschheit" zu
reden — dazu ist Unsereins nicht Schauspieler genug."[2]

Mit anderen Worten: Nietzsche perhorrescirt den
Altruismus, der die grosse Liebe und den stolzen Mut
zu sich selbst, seinem Geschlecht, seinem Werk unter-
bindet und die kleinen täglichen Befriedigungen der

[1] Morgenröthe, Aph. 174. Vgl. Robert Browning, Poetical Works,
II, 68: „Respect all such as sing when all allone!"
[2] Die fröhliche Wissenschaft, Aph. 377.

niedrigsten Selbstsucht unter dem Deckmantel des Nächstendienstes zulässt und grosszieht. Der reiche Krüppel springt dem armen Krüppel bei, damit dieser wie jener seine Krüppelhaftigkeit durch ein langes Leben schleppen und vererben könne: spätere Altruisten sollen dann für das Am-Leben-Bleiben dieser neuen Krüppel Sorge tragen. Die Verantwortung für sich selber fällt fort — man übernimmt die leichtere für den Andern; alles unabhängige Sein, jeder Stolz und Trotz der Persönlichkeit hört auf. Es ist die Pflicht eines Andern, heisse er nun Staat, Gemeinde, oder Gesellschaft, für mich zu sorgen — diese Consequenz hat das Gesindel aller Stände längst gezogen und die Gesindelführer sind eifrig am Werk, die Existenzbedingungen der Abseitsstehenden, der menschlichen Prachtexemplare zu erschweren. In den sog. Demokratien werden Energie und Initiative der Einzelnen, id est die Unabhängigkeit vom herrschenden Pöbel, allbereits mittelbar zur Strafe gezogen, Wühlerei und Wortbruch zugelassen und selbst gelegentlich belohnt. Ein Sklaventhum, welches sich im Gegensatz zu allen früheren, aus den geistigeren Elementen, der Charakter-Elite der Nation zusammensetzen würde, ist in der Bildung begriffen.

Andere, höhere, schönere und schwerer erreichbare Ziele strebt der Altruismus Nietzsche's an, und es thäte unserer Zeit bitter Noth, seiner Stimme zu lauschen.

„Arzt, hilf dir selber: so hilfst du auch deinem Kranken noch. Dass sei seine beste Hülfe, dass er den mit Augen sehe, der sich selber heil macht."[1]

„Mitleiden geht gegen die Scham. Und Nicht-helfen-wollen kann vornehmer sein, als jene Tugend, die zuspringt."[2]

---

[1] Also sprach Zarathustra, S. 113.
[2] Also sprach Zarathustra, S. 385.

„Höher als die Liebe zum Nächsten steht die Liebe zum Fernsten und Künftigen . . . Ich wollte, ihr hieltet es nicht aus mit allerlei Nächsten und deren Nachbarn; so müsstet ihr aus euch selber euren Freund und sein überwallendes Herz schaffen . . . Die Ferneren sind es, welche eure Liebe zum Nächsten bezahlen . . . Die Zukunft und das Fernste sei dir die Ursache deines Heute: in deinem Freunde sollst du den Übermenschen als deine Ursache lieben. Meine Freunde, zur Nächstenliebe rathe ich euch nicht: ich rathe euch zur Fernsten-Liebe." [1])

Der Verächter des unbewusst unwahren und des bewusst erlogenen, blutlosen Altruismus lehrt hier seinen lebenfördernden, thatkräftigen, auf Zucht und gesunder Selbstsucht ruhenden Altruismus. Aber, wie der hässlichste Mensch in „Zarathustra" sagt, „nicht Alle, nicht Keinen, sondern sich und seine Art"! [2]) Und im Namen und als Fürsprecher seiner Art wendet er sich auch gegen den Staat, nicht als Vertreter der Viel-zu-Vielen. „Alle politischen und wirthschaftlichen Verhältnisse sind es nicht werth, dass gerade die begabtesten Geister sich mit ihnen befassen dürften und müssten . . . Es sind und bleiben Gebiete der Arbeit für die geringeren Köpfe und andere als die geringen Köpfe sollten dieser Werkstätte nicht zu Diensten stehen . . . . Man bezahlt die „allgemeine Sicherheit" viel zu theuer um diesen Preis: und, was das Tollste ist, man bringt überdiess das Gegentheil der allgemeinen Sicherheit damit hervor, wie unser liebes Jahrhundert zu beweisen unternimmt . . . Unser Zeitalter, so viel es von Oekonomie redet, ist

---

[1]) Also sprach Zarathustra, S. 88/90.
[2]) Also sprach Zarathustra, S. 386.

ein Verschwender: es verschwendet das Kostbarste, den Geist."[1]

„Vernichter sind es, die stellen Fallen auf für Viele und heissen sie Staat: sie hängen ein Schwert und hundert Begierden über sie hin . . . Viel zu Viele werden geboren: für die Überflüssigen war der Staat erfunden. . . . Helden und Ehrenhafte möchte er um sich aufstellen, der neue Götze! Gerne sonnt er sich im Sonnenschein guter Gewissen, — das kalte Unthier!

Alles will er euch geben, wenn ihr ihn anbetet, der neue Götze: also kauft er sich den Glanz eurer Tugenden und den Blick eurer stolzen Augen.

Seht mir doch diese Überflüssigen! Krank sind sie immer, sie erbrechen ihre Galle und nennen es Zeitung . . .

Reichthümer erwerben sie und werden ärmer damit, Macht wollen sie und zuerst das Brecheisen der Macht, viel Geld, — diese Unvermögenden! . . .

Dort, wo der Staat aufhört, da beginnt erst der Mensch, der nicht überflüssig ist . . . Dort, wo der Staat aufhört, so seht mir doch hin, meine Brüder! Seht ihr ihn nicht, den Regenbogen und die Brücken des Übermenschen?" —[2]

Der so spricht, hat zehn Jahre lang einem kleinen Staate von seinem Wissen und Können gespendet mit vollen Händen, indem er die männliche Jugend bilden half, die ihm anvertraut war. Seinem Vaterlande zu dienen ist er im Entscheidungsjahr 1870 auf die französischen Schlachtfelder geeilt, um Verwundete zu pflegen. Und bis an's Ende seines Schaffens hat er den Nicht-Überflüssigen freigebig gespendet, was sie reicher und ihr Leben werthvoller machen konnte. Er selber aber

---

[1] Morgenröthe, Aph. 179.
[2] Also sprach Zarathustra, S. 69/72.

hat vom Staate Nichts begehrt: was ihm zu Theil wurde, ist ihm aus freien Stücken zugefallen. Als er im Jahre 1876 bei den Basler Behörden einen einjährigen Urlaub nachsuchte, bot er an, für die Dauer seiner Abwesenheit den Gehalt zu sistieren.[1]) Nietzsche war von Haus aus eine nach Unabhängigkeit strebende Natur; seine Lebensführung machte ihn noch unabhängiger. Die Ablehnung von Luxus und Eleganz, der Verzicht auf eine auch seinen Schönheitsbedürfnissen entsprechende Heimstätte, das Lob der Armut stammen aus den Tagen seiner Wander-Existenz. Lächelnd erzählte er mir von dem Comfort seiner Basler Einrichtung und dass bei der Auflösung des Haushalts drei Trumeaux vorhanden waren, die er verkaufte. Das Aufgeben von alledem ist ihm am Anfang nicht leicht gefallen, aber er empfand die Befreiung je länger, je befriedigender. Das Wort: „Der grosse Vorzug adeliger Abkunft ist, dass sie die Armut besser ertragen lässt,"[2]) hat er an seiner Person erprobt, und ich gestehe, dass er, als Mann und eine Frau in meinem Leben die einzigen Beispiele bilden, die es erhärteten. Zu Dutzenden laufen jedoch die herum, die ihren ärmlichen Ursprung und die Dürftigkeit ihrer ehemaligen Umgebung verleugnen, weil sie ihnen schmachvoll scheinen. Ich fürchte auch, dass ihm die wenigsten seiner Jünger auf diesen Boden nachfolgen. Es kann dabei nicht oft genug betont werden, dass er nur dem Luxus und nicht der Vornehmheit — Einfachheit ist für mich die höchste Stufe der Vornehmheit in Kleidung und Manieren — entsagte.

Nietzsche's strenge Anforderungen an sich selber stehen in fast komischem Gegensatz zu dem genialisch

---

[1]) El. Foerster-Nietzsche, Leben Fr. Nietzsche's, Bd. II, 1. Abth. S. 199.
[2]) Morgenröthe, Aph. 200.

aufgeputzten, den guten Formen abholden Wesen, mit dem vermeintliche Nietzschianer sich brüsten. Das kannte er gar nicht anders, das war ihm Fleisch und Blut, genetische Vorbedingung und Zubehör. Auf ihn selber bezieht sich Wort für Wort der Aphorismus: „Wenn Einen das Leben einmal recht räuberhaft behandelt hat und an Ehren, Freuden, Anhang, Gesundheit, Besitz aller Art nahm, was es nehmen konnte, so entdeckt man vielleicht hinterdrein, nach dem ersten Schrecken, dass man reicher ist, als zuvor. Denn erst jetzt weiss man, was Einem so zu eigen ist, dass keine Räuberhand daran zu rühren vermag: und so geht man vielleicht aus aller Plünderung und Verrwirrung mit der Vornehmheit eines grossen Grundbesitzers hervor."[1]

Von Nietzsche's rastlosem, ihm gar nicht zum Bewusstsein kommenden Fleiss hatte ich noch beim letzten Zusammensein die stärksten Beweise. In dem furchtbar arbeitsvollen Sommer und Herbst 1888, während der geistigen Vorbereitung und Formulierung mehrerer seiner Werke, ist er fast jede Woche dreimal den langen, nur in einem Theil angenehmen Weg nach Silvaplana gegangen, um Correcturbogen abzuliefern und in Empfang zu nehmen. Die Correcturen hat er, mit seinen schwachen Augen, gleichsam nebenher besorgt und sich nie über zu viel Arbeit beklagt. Er lebte für sein Werk und fand es natürlich, ihm Gesundheit und Leben zu opfern. „Dies ist die rechte, idealische Selbstsucht: immer zu sorgen und zu wachen und die Seele still zu halten, dass unsere Fruchtbarkeit schön zu Ende gehe! So, in dieser mittelbaren Art, siegen und wachen wir für den Nutzen Aller; und die Stimmung, in der wir leben, diese stolze und

[1] Vermischte Meinungen und Sprüche, Aph. 343.

milde Stimmung, ist ein Oel, welches sich weit um uns her auch auf die unruhigen Seelen ausbreitet." [1]

In jenem fruchtbaren 1888 hat sich Nietzsche mit einer Unersättlichkeit verschwendet, die fast dem Vorgefühle gleichkommt, dass ihm die Zeit nur noch kurz bemessen sei. Das gelangt in einem Brief zum Ausdruck, den er mir kurz nach unserer Trennung schrieb. Da steht: „Inzwischen war ich sehr fleissig, — bis zu dem Grade, dass ich Grund habe, den Seufzer meines letzten Briefs über den „in's Wasser gefallenen Sommer" zu widerrufen. Es ist mir sogar etwas mehr gelungen, Etwas, das ich mir nicht zugetraut hatte . . . Die Folge war allerdings, dass mein Leben in den letzten Wochen in einige Unordnung gerieth. Ich stand mehrere Male Nachts um 2 auf „vom Geist getrieben" und schrieb nieder, was mir vorher durch den Kopf gegangen war. Dann hörte ich wohl, wie mein Hauswirth, Herr Durisch, vorsichtig die Hausthür öffnete und zur Gemsen-Jagd davon schlich. Wer weiss! vielleicht war ich auch auf der Gemsen-Jagd." Und früher, während meines Aufenthalts in Sils, war ich einmal mit Fräulein v. P. langsam den schmalen Weg durch die Fexbachschlucht hinaufgegangen, als uns Nietzsche von der andern Seite entgegenlief und wie in höchster Eile ausrief: „Wollen Sie mich, bitte, vorbei lassen." Er drängte augenscheinlich nach Hause zur Niederschrift einer Fülle zuströmender Gedanken.

Ein anderer Brief dient zur Illustration eines Sonderzugs bei Nietzsche. Er hatte in meiner Gegenwart gelegentlich geäussert, er habe von der „Genealogie der Moral" kein Exemplar bei sich in Sils. Ich bot

---

[1] Morgenröthe, Aph. 552.

ihm an, ihm das meinige zu schicken, sobald ich nach
Hause käme, was ich dann auch that. Darauf bezüglich
schrieb er nun: „Der erste Blick hinein gab mir eine
Überraschung: ich entdeckte eine lange Vorrede zu
der „Genealogie", deren Existenz ich vergessen hatte...
Im Grunde hatte ich bloss den Titel der drei Abhand-
lungen im Gedächtniss: der Rest, d. h. der Inhalt war
mir flöten gegangen. Dies die Folge einer extremen
geistigen Thätigkeit, die diesen Winter und dies Frühjahr ausfüllte und die gleichsam eine Mauer dazwischen
gelegt hatte. Jetzt lebt das Buch wieder vor mir auf —
und, zugleich, der Zustand vom vorjährigen Sommer, aus
dem es entstand. Extrem schwierige Probleme, für die
eine Sprache, eine Terminologie nicht vorhanden war:
aber ich muss damals in einem Zustande von fast un-
unterbrochener Inspiration gewesen sein, dass diese
Schrift wie die natürlichste Sache von der Welt dahin-
läuft. Man merkt ihr keine Mühsal an. — Der Stil ist
vehement und aufregend, dabei voll finesses; und bieg-
sam und faltenreich, wie ich eigentlich bis dahin keine
Prosa geschrieben. Freilich sagt der grosse Kritiker
Spitteler: dass er, seitdem er diese Schrift von mir gelesen habe, alle Hoffnungen auf mich als Schriftsteller
aufgegeben habe . . ."[1]) Man sieht, Nietzsche war im
Stande, völlig zu vergessen, was er geschrieben hatte,
einerseits in Folge des Reichthums seines Geistes, anderseits seines „training". Er sagte mir, er habe sich daran
gewöhnt, Vieles einfach aus seinem Gedächtniss „heraus-

---

[1]) Was „den grossen Kritiker Spitteler" nicht abhielt, sich über den
„Fall Wagner" so zu äussern, dass mir Nietzsche im November melden
konnte: „Herr Spitteler hat im ‚Bund' einen Schrei des Entzückens aus-
gestossen." — Ob die grossen Kritiker nicht manchmal ihre Abneigung
gegen die Materie entscheiden lassen und umgekehrt?

fallen zu lassen". Selbstverständlich galt das in erster
Linie für die Armseligkeiten des Lebens, aber wie sehr
es für Alles galt, womit er in seiner Art fertig geworden
war, ergab sich mir mehrmals im persönlichen Verkehr.
Er erinnerte sich z. B. nicht, dass er gesagt hatte: „Was
aus Liebe gethan wird, geschieht immer jenseits von Gut
und Böse." Dessgleichen bei anderen Citaten. Aus dieser
Unbefangenheit und Unpersönlichkeit seinem früheren
Selbst gegenüber erblühte ihm die Ausnahme-Befähigung
und Berechtigung zur Kritik seiner eigenen Werke.

Aber auch seiner Gewissenhaftigkeit hat Nietzsche
im gleichen und im vorhergehenden Brief ein Denkmal
gestiftet. Ich hatte die „Genealogie der Moral", die ich
ihm damals schickte, im Winter vorher in Rom mit
„Jenseits von Gut und Böse" in römischer Weise zu-
sammenbinden lassen. Nun schrieb Nietzsche: „Noch
niemals habe ich mich so würdig angeputzt gesehen —
beinahe als „Classiker"" und fügt in einem P. S. hinzu:
„— Sie dürfen sich darauf verlassen, dass das Buch wie
ein Ei geschont und in einer vollkommen festen (gebunden) Enveloppe zu Ihnen zurückkehrt." Und im Ein-
gang des nächsten Briefes: „Hiermit sende ich, mit
meinem verbindlichsten Danke, das Buch wieder an Sie
zurück. Ich habe es in einen festen Carton gesteckt:
mein Wunsch ist, dass die Post keine Brutalitäten be-
geht." Viel Lärm um Nichts mögen die modernen grand-
seigneurs denken, die sich rühmen, so und so viele
Bücher aus ihrem Privatbesitz ausgeliehen und nicht
wieder bekommen zu haben und selbst mit geliehenen
wenig Federlesens machen. Für den Psychologen ist
der Zug so bedeutungsvoll, wie für den Anatomen und
Physiologen die hohe Spanne eines Fusses: beide als
Anzeichen edler Rasse.

Wenn ich unermüdlich den Edelmenschen in Nietzsche betone und dabei die kleinen zarten Rücksichten in's Licht setze, so muss ich auch dem Einwande begegnen, er sei schroff ablehnend und rücksichtslos gewesen, sobald er einer Beziehung aus dem Wege gehen wollte. Gewiss, Nietzsche hat, und zwar besonders in seinen trübsten Krankheitstagen — Jahren dürfte ich sagen — den Verkehr mit Verwandten und Bekannten, wie viel mehr mit Unbekannten! geflohen und, wenn es Noth that, mit strengen Worten von sich gewiesen. Aber wer war da der Rücksichtslose? Er, der Leidende, mit seinem Minimum von Kräften und dem grossen Werk, das er in der Seele trug, oder die zärtlich Zudringlichen, denen er sich selber und seine Aufgabe nie begreiflich machen konnte, ob er sich damit abmühte, oder nicht? Sein Weg führte weit weg von ihnen und Allem, was ihnen vertraut und lieb, ehrwürdig und heilig war. Er vermochte ihnen aus der Ferne gerecht zu werden; sie konnten und durften die von ihm eingeschlagene Richtung nicht billigen. Die Vergangenheit und das Stück Gegenwart, in dem sie lebten, gab ihnen das Recht, auferlegte ihnen die Pflicht, ihn zurückzulocken, zu mahnen, zu strafen, ihm keine Ruhe zu lassen. Das wusste er. Wäre sein Herz stählern gewesen, wie sein Verstand, so hätte er den Zusammenprall ertragen können — wenn er gesund geblieben. Aber sein Herz war weich und sein Körper krank. Es handelte sich um die Lebensfrage seines Werks und so war er hart um eines Grösseren willen, als die Empfindsamkeit von Menschen, die seiner doch nicht bedurften und ohne ihn recht vergnügt lebten.

Ich gehe noch weiter. Wenn Jemand Nietzsche mit medizinischer Deutlichkeit Alles vorgehalten hätte, was sich dem Gefährlichen seiner Lebensweise entgegen-

halten liess, würde er sie geändert haben? Ich glaube
nicht. Er liebte die Gefahr, er kannte die entzückenden
Offenbarungen im Gefolge schwerer Leiden und scheute
vor keiner Tiefe zurück, die ihm eine neue Erkenntniss
enthüllte. Er war bereit, sein Leben für seine Ideen
einzusetzen, denn diese Ideen bedeuteten für ihn seine
Daseinserfüllung. In diesem Sinne konnte er von seinem
letzten Schaffensjahre, dem arbeitsvollsten von allen,
schreiben: „Es war zu gut."

VII.

> „Wen ich verachte, der erräth, dass
> er von mir verachtet wird; ich empöre
> durch mein blosses Dasein Alles, was
> schlechtes Blut im Leibe hat." —
>
> Bd. II, Abth. 1, S. 196 von El. Foerster-
> Nietzsche: Das Leben Fr. Nietzsche's.

Dieser im letzten Jahre seines Schaffens von Nietzsche
niedergeschriebene Satz bildet die physiologisch-psycho-
logische Erklärung für eine ganze Reihe seiner Miss-
Interpreten, denen nicht die Intelligenz, sondern die Ab-
stammung im Wege steht, eine Edelnatur ersten Ranges
zu verstehen. Was sich da auflehnt und über Verrath
der heiligsten Menschenrechte schreit, ist im tiefsten
Grunde — Sklaventhum, Rancune der schlechten gegen
die bessere Rasse. So betrachtet ist die Umdeutung
seines Aristokratismus in Anbetung der Kaste und des
Kapitalismus minder unbegreiflich.

Aber die irrige Auslegung bleibt gleichwohl un-
entschuldbar einem Manne gegenüber, der seine Stellung
zu beiden so deutlich bezeichnet hat.

„Was trieb mich doch zu den Aermsten, oh Zarathustra? War es nicht der Ekel vor unseren Reichsten?

— vor den Sträflingen des Reichthums, welche sich
ihren Vortheil aus jedem Kehricht auflesen, mit kalten
Augen, geilen Gedanken, vor diesem Gesindel, das gen
Himmel stinkt,

— vor diesem vergüldeten, verfälschten Pöbel, dessen
Väter Langfinger oder Aasvögel oder Lumpensammler
waren . . . —

Pöbel oben, Pöbel unten: „Was ist heute noch „Arm"
und „Reich"! Diesen Unterschied verlernte ich."[1]

„Oh meine Brüder, ich weihe und weise euch zu
einem neuen Adel: ihr sollt mir Zeugen und Züchter
werden und Säemänner der Zukunft, —

wahrlich nicht zu einem Adel, den ihr kaufen könntet
— gleich den Krämern und mit Krämer-Golde: denn
wenig Werth hat Alles, was seinen Preis hat.

Nicht, woher ihr kommt, mache euch fürderhin eure
Ehre, sondern wohin ihr geht! Euer Wille und euer
Fuss, der über euch selber hinaus will, — das mache
eure neue Ehre!

Wahrlich nicht, dass ihr einem Fürsten gedient habt, . . .

Nicht, dass euer Geschäft an Höfen höfisch wurde, . . .

Nicht auch, dass ein Geist, den sie heilig nennen, eure
Vorfahren in gelobte Länder führte . . .

Oh meine Brüder, nicht zurück soll euer Adel schauen,
sondern hinaus! Vertriebene sollt ihr sein aus allen
Vater- und Urvaterländern!

Euer Kinder-Land sollt ihr lieben: diese Liebe sei
euer neuer Adel — das unentdeckte im fernsten Meere!

---

[1] Also sprach Zarathustra, S. 392/93.

Nach ihm heisse ich eure Segel suchen und suchen! An euern Kindern sollt ihr gut machen, dass ihr eurer Väter Kinder seid: alles Vergangene sollt ihr so erlösen! Diese neue Tafel stelle ich über euch!"[1])

Der Pöbel von heutzutage freilich kennt eine Vorsorge für die kommenden Geschlechter so wenig als die Ehrfurcht vor den edelsten der gewesenen. Ein neuer Adel, der für Kinder und Kindeskinder an sich selber und den Bedingungen des Lebens arbeitet, ist sein Geschmack noch weniger als der alte.

Frau Dr. Förster hat uns in ihrer Biographie erzählt, welches feine Erziehungsmittel in Nietzsche's Hand der Stolz des Knaben auf die adelige Abkunft war, um die jüngere Schwester zur Wahrhaftigkeit zu führen.[2]) Was macht der adelfressende Unverstand aus der reizenden Episode? Den Zweifel der Schwester zum Beweis für ihre gesundere Anlage gegenüber dem bereits an Grössenwahn krankenden Bruder! Der nämliche Unverstand steht der Berufung auf eine vortreffliche Mutter oder einen pflichttreuen Grossohm nicht im Wege, vorausgesetzt, dass sie aus einer Werkstätte oder Verkaufsbude stammen!

Ohne Zweifel ist das, was Nietzsche vom befehlenden Adelsmenschen und vom gehorchenden Typus fordert, weit schwieriger, als was die „Taranteln", die Prediger der Gleichheit, der Heerde auferlegen. Schöner, folgerichtiger, unantastbarer hat er den „Vornehmen" nirgends geschildert, als im 9. Theile von „Jenseits von Gut und Böse":

„Ohne das Pathos der Distanz . . . könnte auch jenes andere geheimnissvollere Pathos gar nicht erwachsen, jenes

---

[1]) Also sprach Zarathustra, S. 296/97.
[2]) Bd. I, S. 85.

Verlangen nach immer neuer Distanz-Erweiterung innerhalb der Seele selber, die Herausbildung immer höherer,
seltenerer, fernerer, weitgespannterer, umfänglicherer Zu-
stände, kurz eben die Erhöhung des Typus „Mensch“,
die fortgesetzte „Selbstüberwindung“ des Menschen, um
eine moralische Formel in einem übermoralischen Sinn
zu nehmen.“[1)]

„Der vornehme Mensch ehrt in sich den Mächtigen,
auch den, welcher Macht über sich selbst hat, der zu
reden und zu schweigen versteht, der mit Lust Strenge
und Härte gegen sich übt und Ehrerbietung vor allem
Strengen und Harten hat.“[2)]

„Es giebt einen Instinkt für den Rang, welcher,
mehr als Alles, schon das Anzeichen eines hohen
Ranges ist; es giebt eine Lust an den Nüancen der
Ehrfurcht, die auf vornehme Abkunft und Gewohnheiten
schliessen lässt. Die Feinheit, Güte und Höhe einer
Seele wird gefährlich auf die Probe gestellt, wenn Etwas
an ihr vorübergetragen wird, das ersten Ranges ist, aber
noch nicht von den Schaudern der Autorität vor zudringlichen Griffen und Plumpheiten gehütet wird: Etwas,
das, unabgezeichnet, unentdeckt, versuchend, vielleicht
willkürlich verhüllt und verkleidet, wie ein lebendiger
Prüfstein seines Weges geht . . . die Gemeinheit mancher
Natur sprützt manchmal wie schmutziges Wasser hervor,
wenn irgend ein heiliges Gefäss, irgend eine Kostbarkeit
aus verschlossenen Schreinen, irgend ein Buch mit den
Zeichen des grossen Schicksals vorübergetragen wird;
und andrerseits giebt es ein unwillkürliches Verstummen,
ein Zögern des Auges, ein Stillewerden aller Gebärden,

[1)] Jenseits von Gut und Böse, Aph. 257.
[2)] Jenseits von Gut und Böse, Aph. 260.

Philosoph und Edelmensch.   7

woran sich ausspricht, dass eine Seele die Nähe des Verehrungswürdigen fühlt."[1])

„Zu den Dingen, welche einem vornehmen Menschen vielleicht am schwersten zu begreifen sind, gehört die Eitelkeit."[2])

„Der geistige Hochmuth und Ekel jedes Menschen, der tief gelitten hat — es bestimmt beinahe die Rangordnung, wie tief Menschen leiden können —, seine schaudernde Gewissheit, von der er ganz durchtränkt und gefärbt ist, vermöge seines Leidens m e h r z u w i s s e n, als die Klügsten und Weisesten wissen können, in vielen fernen entsetzlichen Welten bekannt und einmal zu Hause gewesen zu sein, von denen „ihr nichts wisst!" . . . Dieser geistige schweigende Hochmuth des Leidenden, dieser Stolz des Auserwählten der Erkenntniss, des „Eingeweihten", des beinahe Geopferten findet alle Formen von Verkleidung nöthig, um sich vor der Berührung mit zudringlichen und mitleidigen Händen und überhaupt vor Allem, was nicht Seinesgleichen im Schmerz ist, zu schützen. Das tiefe Leiden macht vornehm; es trennt. Eine der feinsten Verkleidungsformen ist der Epikureismus und eine gewisse fürderhin zur Schau getragene Tapferkeit des Geschmacks, welche das Leiden leichtfertig nimmt und sich gegen alles Traurige und Tiefe zur Wehr setzt."[3])

„Zeichen der Vornehmheit: nie daran denken, unsere Pflichten zu Pflichten für Jedermann herabzusetzen; die eigene Verantwortlichkeit nicht abgeben wollen, nicht theilen wollen; seine Vorrechte und deren Ausbildung unter seine P f l i c h t e n rechnen."[4])

---

[1]) Jenseits von Gut und Böse, Aph. 263.
[2]) Jenseits von Gut und Böse, Aph. 261.
[3]) Jenseits von Gut und Böse, Aph. 270.
[4]) Jenseits von Gut und Böse, Aph. 272.

„Bei aller Art von Verletzung und Verlust ist die
niedere und gröbere Seele besser daran, als die vornehmere:
die Gefahren der letzteren müssen grösser sein, ihre Wahr-
scheinlichkeit, dass sie verunglückt und zu Grunde geht,
ist sogar bei der Vielfachheit ihrer Lebensbedingungen
ungeheuer.“ [1])

„Wer die Begierde einer hohen wählerischen Seele
hat und nur selten seinen Tisch gedeckt, seine Nahrung
bereit findet, dessen Gefahr wird zu allen Zeiten gross sein:
heute aber ist sie ausserordentlich. In ein lärmendes
und pöbelhaftes Zeitalter hineingeworfen, mit dem er nicht
aus Einer Schüssel essen mag, kann er leicht vor Hunger
und Durst, oder falls er endlich dennoch „zugreift“ —
vor plötzlichem Ekel zu Grunde gehen. [2])

„Die vornehme Seele hat Ehrfurcht vor sich.“ [3])

Kann Jemand im Ernste sagen, das, was sich hier
äussert, sei die Sucht und Gier, vererbte Vorrechte zu
behaupten? Wird für den vornehmen Menschen eine
besondere Bequemlichkeit des Lebens, oder sonst Etwas,
was der Pöbel schätzt, verlangt? Sind nicht vielmehr
die an ihn gestellten Forderungen so streng und ernst,
dass die Viel-zu-Vielen die verwöhnten Ohren erschreckt
zuhalten?

Im „Zarathustra“ finden wir die gleiche Auffassung:

„Wer auf den höchsten Bergen steigt, der lacht über
alle Trauerspiele und Trauer-Ernste.“ [4])

„Ihr dürft nur Feinde haben, die zu hassen sind, aber
nicht Feinde zum Verachten. Ihr müsst stolz auf eure

---

[1]) Jenseits von Gut und Böse, Aph. 276.
[2]) Jenseits von Gut und Böse, Aph. 282.
[3]) Jenseits von Gut und Böse, Aph. 287.
[4]) Also sprach Zarathustra, S. 57.

Feinde sein." ... „Eure Vornehmheit sei Gehorsam.
Euer Befehlen selber sei ein Gehorchen!"[1]

„Frei steht grossen Seelen auch jetzt noch die Erde.
Leer sind noch viele Sitze für Einsame und Zweisame,
um die der Geruch stiller Meere weht.

Frei steht noch grossen Seelen ein grosses Leben.
Wahrlich, wer wenig besitzt, wird um so weniger besessen:
gelobt sei die kleine Armuth!"[2]

„Was gilt uns als Schlechtes und Schlechtestes? Ist
es nicht Entartung? — Und auf Entartung rathen wir
immer, wo die schenkende Seele fehlt. ...

Wenn ihr das Angenehme verachtet und das weiche
Bett, und von den Weichlichen euch nicht weit genug
betten könnt: das ist der Ursprung eurer Tugend."[3]

„Wo man nicht mehr lieben kann, da soll man —
vorübergehen! —"[4]

„Also will es die Art edler Seelen: sie wollen Nichts
umsonst haben, am wenigsten das Leben.

Wer vom Pöbel ist, der will umsonst leben; wir
Anderen aber, denen das Leben sich gab, — wir sinnen
immer darüber nach, was wir am besten dagegen
geben!

Und wahrlich, das ist eine vornehme Rede, welche
spricht: „was uns das Leben verspricht, das wollen wir
dem Leben halten!"

Man soll nicht geniessen wollen, wo man nicht zu
geniessen giebt. Und — man soll nicht geniessen wollen!

Genuss und Unschuld nämlich sind die schamhaftesten
Dinge: Beide wollen nicht gesucht sein. Man soll sie

---

[1] Also sprach Zarathustra, S. 68.
[2] Also sprach Zarathustra, S. 72.
[3] Also sprach Zarathustra, S. 110/12.
[4] Also sprach Zarathustra, S. 262.

haben — aber man soll eher noch nach Schuld und Schmerzen suchen! ...

An dem Besten ist noch Etwas zum Ekeln, und der Beste ist noch Etwas, das überwunden werden muss! — ...

Was ist die höchste Art alles Seienden und was die geringste? Der Schmarotzer ist die geringste Art; wer aber höchster Art ist, der ernährt die meisten Schmarotzer. ...

Oft ist mehr Tapferkeit darin, dass Einer an sich hält und vorübergeht: damit er sich den würdigeren Feind aufspare ...

Haltet euer Auge rein von eurem Für und Wider! Da giebt es viel Recht, viel Unrecht: wer da zusieht, wird zornig ...

Geht eure Wege ...

... Was sich heute Volk heisst, verdient keine Könige ...

... Das Beste soll herrschen, das Beste will auch herrschen! Und wo die Lehre anders lautet, da — fehlt es am Besten."[1]

Da fehlt es am Besten und das Wort führen die, von denen gilt: „Wer das Hohe eines Menschen nicht sehen will, blickt um so schärfer nach dem, was niedrig und Vordergrund an ihm ist — und verräth sich selbst damit."[2] Aber die das Wort führen, vergessen, dass Nietzsche sich an Ihresgleichen gar nicht wandte, als Einer, der von einem Zeitgeschlecht, das Zucht und Zwang weder im Blut hat, noch durch Zucht und Zwang in das Blut seiner Kinder bringen will, für sich und seine Lehren kein Verständniss erwartete. Der Zerbröckelung und Verpöbelung der Menschheit, der ge-

---

[1]) Also sprach Zarathustra, S. 291/312.
[2]) Jenseits von Gut und Böse, Aph. 275.

priesenen Gleichheit und Ausgleichung entgegenzutreten, dazu beruft er nur eines „langen Willens Wollende" — „die Harten" — „die Tapferen" — „die neuen Völker", und „die vielen und vielerlei Erben, deren es bedarf, dass es Adel gebe", kurz Alles, was durch Züchtung veredelt und durch Zucht gefestigt ist. Was versteht Nietzsche unter „Züchtung"? Bei Verschiedenen Verschiedenes.

„Asketismus und Puritanismus sind fast unentbehrliche Erziehungs- und Veredelungsmittel, wenn eine Rasse über ihre Herkunft aus dem Pöbel Herr werden will und sich zur einstmaligen Herrschaft emporarbeitet."[1]

„Der wunderliche Thatbestand ist, dass Alles, was es von Freiheit, Feinheit, Kühnheit, Tanz und meisterlicher Sicherheit auf Erden gibt oder gegeben hat, sei es nun im Denken selbst, oder im Regieren, oder im Reden und Überreden, in den Künsten ebenso wie in den Sittlichkeiten, sich erst vermöge der „Tyrannei der Willkürgesetze" entwickelt hat . . . Die lange Unfreiheit des Geistes, der misstrauische Zwang in der Mittheilbarkeit der Gedanken, die Zucht, welche sich der Denker auferlegte, innerhalb einer kirchlichen und höfischen Richtschnur oder unter aristotelischen Voraussetzungen zu denken, der lange geistige Wille, Alles, was geschieht, nach einem christlichen Schema auszulegen und den christlichen Gott noch in jedem Zufall wieder zu entdecken und zu rechtfertigen, — all dies Gewaltsame, Willkürliche, Harte, Schauerliche, Widervernünftige hat sich als Mittel herausgestellt, durch welches dem europäischen Geist seine Stärke, seine rücksichtslose Neugierde und feine Beweglichkeit angezüchtet wurde . . . Die Sclaverei ist,

---

[1] Jenseits von Gut und Böse, Aph. 61.

wie es scheint, im gröberen und feineren Verstande das
unentbehrliche Mittel auch der geistigen Zucht und
Züchtung … „Du sollst gehorchen, irgendwem und auf
lange: sonst gehst du zu Grunde und verlierst die letzte
Achtung vor dir selbst" — dies scheint mir der moralische
Imperativ der Natur zu sein, welcher freilich weder
„kategorisch" ist, wie es der alte Kant von ihm verlangte
(daher das „sonst"), noch an den Einzelnen sich wendet
(was liegt ihr am Einzelnen!), wohl aber an Völker,
Rassen, Zeitalter, Stände, vor Allem aber an das ganze
Thier „Mensch", an den Menschen."[1]

„Von einem höheren Orte aus gesehen, erscheinen
ganze Geschlechter und Zeitalter, wenn sie mit irgend
einem moralischen Fanatismus behaftet auftreten, als ein-
gelegte Zwangs- und Fastenzeiten, während welchen ein
Trieb sich ducken und niederwerfen, aber auch sich
reinigen und schärfen lernt."[2]

„Für jede hohe Welt muss man geboren sein, deut-
licher gesagt, man muss für sie gezüchtet sein: ein
Recht auf Philosophie — das Wort im grossen Sinne
genommen — hat man nur Dank seiner Abkunft, die
Vorfahren, das „Geblüt" entscheidet auch hier. Viele
Geschlechter müssen der Entstehung des Philosophen
vorgearbeitet haben; jede seiner Tugenden muss einzeln
erworben, gepflegt, fortgeerbt, einverleibt worden sein,
und nicht nur der kühne, leichte zarte Gang und Lauf
seiner Gedanken, sondern vor Allem die Bereitwilligkeit
zu grossen Verantwortungen, die Hoheit herrschender
Blicke und Niederblicke, das Sich-Abgetrennt-Fühlen
von der Menge und ihren Pflichten und Tugenden, das
leutselige Beschützen und Vertheidigen dessen, was miss-

[1] Jenseits von Gut und Böse, Aph. 188.
[2] Jenseits von Gut und Böse, Aph. 189.

verstanden und verleumdet wird, sei es Gott, sei es
Teufel, die Lust und Übung in der grossen Gerechtigkeit,
die Kunst des Befehlens, die Weite des Willens, das
langsame Auge, welches selten bewundert, selten hinauf
blickt, selten liebt . . . ."[1])

„Wir, . . . denen die demokratische Bewegung nicht
bloss als eine Verfalls-Form der politischen Organisation,
sondern als Verfalls- nämlich Verkleinerungs-Form des
Menschen gilt, als seine Vermittelmässigung und Werth-
Erniedrigung: wohin müssen wir mit unsern Hoffnungen
greifen? — Nach neuen Philosophen, es bleibt keine
Wahl; nach Geistern stark und ursprünglich genug, um
die Anstösse zu entgegengesetzten Werthschätzungen zu
geben und „ewige Werthe" umzuwerthen, umzukehren;
nach Vorausgesandten, nach Menschen der Zukunft,
welche in der Gegenwart den Zwang und Knoten an-
knüpfen, der den Willen von Jahrtausenden auf neue
Bahnen zwingt. Dem Menschen die Zukunft des Menschen als seinen Willen, als abhängig von einem
Menschen-Willen zu lehren und grosse Wagnisse und
Gesammt-Versuche von Zucht und Züchtung vorzubereiten,
um damit jener schauerlichen Herrschaft des Unsinns und
Zufalls, die bisher „Geschichte" hiess, ein Ende zu machen
— der Unsinn der „grössten Zahl" ist nur seine letzte
Form — dazu wird irgendwann einmal eine neue Art
von Philosophen und Befehlshabern nöthig sein, an deren
Bilde sich Alles, was auf Erden an verborgenen, furchtbaren und wohlwollenden Geistern dagewesen ist, blass
und verzwergt ausnehmen möchte. . . . Wer das seltene
Auge für die Gesammt-Gefahr hat, dass der Mensch
selbst entartet . . . . er fasst es ja mit einem Blicke,

---

[1]) Jenseits von Gut und Böse, Aph. 213.

was Alles noch, bei einer günstigen Ansammlung und Steigerung von Kräften und Aufgaben, aus dem Menschen zu züchten wäre, er .... weiss aus seiner schmerzlichsten Erinnerung, an was für erbärmlichen Dingen ein Werdendes höchsten Ranges bisher gewöhnlich zerbrach, abbrach, absank, erbärmlich ward. Die Gesammt-Entartung des Menschen, hinab bis zu dem, was heute den socialistischen Tölpeln und Flachköpfen als ihr „Mensch der Zukunft" erscheint .... Diese Entartung und Verkleinerung des Menschen zum vollkommenen Heerdenthiere (oder, wie sie sagen, zum Menschen der „freien Gesellschaft"), diese Verthierung des Menschen zum Zwergthier der gleichen Rechte und Ansprüche ist möglich, es ist kein Zweifel! Wer diese Möglichkeit einmal bis zu Ende gedacht hat, kennt einen Ekel mehr, als die übrigen Menschen, — und vielleicht auch eine neue Aufgabe! . . . .[1])

„Nicht nur fort sollst du dich pflanzen, sondern hinauf! Dazu helfe dir der Garten der Ehe!

Einen höheren Leib sollst du schaffen, eine erste Bewegung, ein aus sich rollendes Rad, — einen Schaffenden sollst du schaffen . . .

Eure Liebe zum Weibe und des Weibes Liebe zum Manne: ach möchte sie doch Mitleiden sein mit leidenden und verhüllten Göttern! Aber zumeist errathen zwei Thiere einander . . .

Über euch hinaus sollt ihr einst lieben! So lernt erst lieben! . . .

Bitterniss ist im Kelch auch der besten Liebe: so macht sie Sehnsucht zum Übermenschen, so macht sie Durst dir, dem Schaffenden!

---

[1]) Jenseits von Gut und Böse, Aph. 203.

Durst dem Schaffenden, Pfeil und Sehnsucht zum
Übermenschen: sprich, mein Bruder, ist dies dein Wille
zur Ehe?

Heilig heisst mir solcher Wille und solche Ehe."[1])

„Ihr Einsamen von heute, ihr Ausscheidenden, ihr
sollt einst ein Volk sein: aus euch, die ihr euch selber
auswähltet, soll ein auserwähltes Volk erwachsen: — und
aus ihm der Übermensch."[2])

„Ihr Prediger der Gleichheit, der Tyrannen-Wahnsinn
der Ohnmacht schreit aus euch nach „Gleichheit": eure
heimlichsten Tyrannen-Gelüste vermummen sich also in
Tugend-Worte!

Vergrämter Dünkel, verhaltener Neid, vielleicht eurer
Väter Dünkel und Neid: aus euch bricht's als Flamme
heraus und Wahnsinn der Rache.

Was der Vater schwieg, das kommt im Sohne zum
Reden; und oft fand ich den Sohn als des Vaters ent-
blösstes Geheimniss."[3])

„Allen Thieren hat der Mensch schon ihre Tugenden
abgeraubt: das macht, von allen Thieren hat es der
Mensch am schwersten gehabt."[4])

Schulen und unentgeltliche Schulmittel thun's nicht,
des Menschen schlechtes „Geblüt" zu reinigen. Durch
bequemes den Staat mit Besitz und Macht Begaben, damit er seine Götzendiener mit Besitz und Macht aus-
statte, sichert ein Geschlecht sich keine Grösse, viel
weniger seinen Kindern und Kindeskindern! Die Züchtung
eines besseren Typus, die eben erheischt den am weitesten

---

[1]) Also sprach Zarathustra, S. 102—104.
[2]) Also sprach Zarathustra, S. 114.
[3]) Also sprach Zarathustra, S. 145.
[4]) Also sprach Zarathustra, S. 306/307.

gespannten Altruismus — denn sie erheischt ganze Gene-
rationen zu seiner Vorbereitung.

Nicht genug! Die Züchtung ist das Prä-Natale —
damit der Edelmensch sich vollende, bedarf es auch noch
der Zucht.

„Nur dem veredelten Menschen darf die Freiheit des
Geistes gegeben werden." [1]

„Die Erziehung ist die Fortsetzung der Zeugung. [2]
„Allmälig ist mir das Licht über den allgemeinsten
Mangel unserer Art Bildung und Erziehung aufgegangen:
Niemand lernt, Niemand strebt darnach, Niemand lehrt —
die Einsamkeit ertragen." [3]

„Man kann wie ein Gärtner mit seinen Trieben
schalten und, was Wenige wissen, die Keime des Zorns,
des Mitleidens, des Nachgrübelns, der Eitelkeit so frucht-
bar und nutzbringend ziehn wie ein schönes Obst an
Spalieren." [4]

„Wenn man sich anhaltend den Ausdruck der Leidenschaften verbietet, wie als Etwas den „Gemeinen", den
gröberen, bürgerlichen, bäuerlichen Naturen zu Über-
lassendes — also nicht die Leidenschaften selber unterdrücken will, sondern nur ihre Sprache und Gebärde:
so erreicht man nichtsdestoweniger eben das mit, was
man nicht will: die Unterdrückung der Leidenschaften
selber, mindestens ihre Schwächung und Veränderung." [5]

„Das Geheimniss, um die höchste Fruchtbarkeit und
den höchsten Genuss vom Dasein einzuernten, heisst:
gefährlich leben." [6]

---

[1] Der Wanderer und sein Schatten, Aph. 350.
[2] Morgenröthe, Aph. 397.
[3] Morgenröthe, Aph. 443.
[4] Morgenröthe, Aph. 560.
[5] Die fröhliche Wissenschaft, Aph. 47.
[6] Die fröhliche Wissenschaft, Aph. 283.

„Seinem Charakter „Stil geben" — eine grosse und seltne Kunst! Sie übt der, welcher Alles übersieht, was seine Natur an Kräften und Schwächen bietet, und es dann einem künstlerischen Plan einfügt, bis ein Jedes als Kunst und Vernunft erscheint, und auch die Schwäche noch das Auge entzückt." [1])

„Wenn man sein Herz hart bindet und gefangen legt, kann man seinem Geist viele Freiheiten geben." [2])

„Die Zucht des Leidens, des grossen Leidens — wisst ihr nicht, dass nur diese Zucht alle Erhöhungen des Menschen bisher geschaffen hat? Jene Spannung der Seele im Unglück, welche ihr die Stärke anzüchtet, ihre Schauer im Anblick des grossen Zugrundegehens, ihre Erfindsamkeit und Tapferkeit im Tragen, Ausharren, Ausdeuten, Ausnützen des Unglücks, und was ihr nur je von Tiefe, Geheimniss, Maske, Geist, List, Grösse geschenkt worden ist: — ist es nicht ihr unter Leiden, unter der Zucht des grossen Leidens geschenkt worden?" [3])

„Reinigen muss sich auch noch der Befreite des Geistes. Viel Gefängniss und Moder ist noch in ihm zurück: rein muss noch sein Auge werden." [4])

„Frei nennst du dich? Deinen herrschenden Gedanken will ich hören und nicht, dass du einem Joche entronnen bist.

Bist du ein Solcher, der einem Joche entrinnen durfte? Es giebt Manchen, der seinen letzten Werth wegwarf, als er seine Dienstbarkeit wegwarf.

Frei wovon? Was schiert das Zarathustra? Hell aber soll mir dein Auge künden: frei wozu?

---

[1]) Die fröhliche Wissenschaft, Aph. 290.
[2]) Jenseits von Gut und Böse, Aph. 87.
[3]) Jenseits von Gut und Böse, Aph. 225.
[4]) Also sprach Zarathustra, S. 61.

Kannst du dir selber dein Böses und dein Gutes geben und deinen Willen über dich aufhängen, wie ein Gesetz? Kannst du dir selber Richter sein und Rächer deines Gesetzes? Furchtbar ist das Alleinsein mit dem Richter und Rächer des eigenen Gesetzes." [1])

„Man soll sein Herz festhalten, denn lässt man es gehn, wie bald geht Einem da der Kopf durch! [2])

„Und weil es ·Höhe braucht, braucht es Stufen und Widerspruch der Stufen und Steigenden! Steigen will das Leben und steigend sich überwinden." [3])

„Wer einst fliegen lernen will, der muss erst stehn und gehn und laufen und klettern und tanzen lernen: — man erfliegt das Fliegen nicht." [4])

„Schone deinen Nächsten nicht! der Mensch ist Etwas, das überwunden werden muss." [5])

„Das verwegene Wagen, das lange Misstrauen, das grausame Nein, der Überdruss, das Schneiden in's Lebendige — aus solchem Samen wird Wahrheit gezeugt!" [6])

„An Unheilbaren soll man nicht Arzt sein wollen." [7])

Lassen wir die Weichlinge und Feiglinge, deren Sinnen das Lügen- und Faulheits-Evangelium von der Gleichheit Aller schmeichelt und die das Klein- und Schwach- und Stumpfwerden der Menschheit nicht schreckt, sonderlich weil es in moralischen Prachtlappen verkleidet einhergeht, immerhin einem Adel feind sein, der das Resultat einer jahrhundertlangen Züchtung, einer lebenslangen Selbst-Zucht — zum kleinsten Theile — ist —

---

[1]) Also sprach Zarathustra, S. 92.
[2]) Also sprach Zarathustra, S. 130.
[3]) Also sprach Zarathustra, S. 147.
[4]) Also sprach Zarathustra, S. 285.
[5]) Also sprach Zarathustra, S. 291.
[6]) Also sprach Zarathustra, S. 293.
[7]) Also sprach Zarathustra, S. 302.

zum grössten — sein würde. Auch ihre Siegeszuversicht wollen wir ihnen nicht zu nehmen suchen, denn sie können Recht haben damit. Streng und scharf sei von uns nur das Eine betont, dass die Nietzschische Aristokratie Nichts gemein hat mit dem Bastard-Adel unserer Zeit, dessen Gewähr die Einen im Stammbaum, die Andern gar im Geld erkennen. Nietzsche lehnt sich an die griechische Bedeutung an: ἄριστος d. i. der Beste, Tapferste, Edelste — der Einzelne. Der soll herrschen und nicht der δημος: die Vielen, von denen der Beste und Seltenste — seht unsere Demokratien daraufhin an! — nicht zur Herrschaft berufen wird.

Nietzsche's Aristokratismus feind sein heisst, entweder von Etwas sprechen, das man zu ergründen sich nicht die Mühe genommen hat, oder dem Besten feind sein.

Verlag von C. G. Naumann in Leipzig.

Elisabeth Förster-Nietzsche

Das Leben Friedrich Nietzsche's.

Band I . . . . br. M. 9.—, geb. M. 11.—
Band II, Erster Halbband . . . . br. M. 8.—, geb. M. 10.—
Band II, Zweiter Halbband (Schlussband) erscheint 1898.

Es ist ein Buch, das jeder, auch wenn er nicht zu den Verehrern Nietzsche's gehört, mit Interesse lesen wird, nicht nur weil es leicht und gefällig geschrieben ist, sondern vor Allem, weil ein Geist schlichter Wahrhaftigkeit daraus spricht, der eine Biographie erst werthvoll macht. Jeder wird der Verfasserin danken, die einen Charakter, dessen Umrisse bisher in der Parteien Gunst und Ungunst nebelhaft schwankten, auf den festen Boden der Wirklichkeit gestellt hat.   *(Literarisches Centralblatt.)*

Dr. Alexander Tille

Docent an der Universität Glasgow.

Von Darwin bis Nietzsche.

Broschirt M. 4.50, gebunden M. 6.—

„Wir können die Lectüre dieses Buches warm empfehlen, auch denen, welche mit der Weltanschauung des Verfassers nicht übereinstimmen. Denn wir besitzen keine ähnliche erschöpfende Darstellung jener grossen consequenten naturwissenschaftlich-socialen Bewegung, welche mit dem Lehrer des struggle of life begann und dem Philosophen der Herrenmenschen schloss, und niemals hat ein Gelehrter seinen Stoff mit der gleichen Wärme, Klarheit und schriftstellerischen Begabung behandelt."

(Neue deutsche Rundschau 1895, Heft 10.)

Dr. Alexander Tille.

Deutsche Lyrik von Heute und Morgen.

Mit einer geschichtlichen Einleitung.

(Englische Ausgabe: German Songs of Today and Tomorrow.)

Broschirt M. 2.50, gebunden M. 3.50.

Verzeichniss der Dichter: *Adler, Backhaus, Baumbach, Bierbaum, Bruhnsen, Christen, Conradi, Dehmel, A. W. Ernst, O. Ernst, Fitger, Flaischlen, Fontane, Friedrichs, Fuchs, Fulda, Gittermann, Grisebach, Grosse, von Gumppenberg, Hamerling, Hango, Hart, Hartleben, Henckell, Herbert, Herold, Holz, Hopfen, Janitschek, Jensen, Jordan, Kirchbach, Kitir, Klie, Knussert, Koegel, Leuthold, von Liliencron, Loens, Nietzsche, Öhquist, Oswald, Pfungst, von Puttkammer, von Reden, Seidel, Triepel, Vogel, Voigt, Waldmüller.*

Verlag von C. G. Naumann in Leipzig:

Karl Adolf Brodtbeck.

Geistesblitze grosser Männer für freie Denker gesammelt.

8⁰ broschirt Mark 3.50, gebunden Mark 4.75

Diese Prosa-Anthologie geistvoller Aussprüche der bedeutendsten Staats-
männer, Philosophen und Dichter eignet sich vorzüglich zum Festgeschenk
für Politiker, Gelehrte und Literaten, vor Allem auch für die Freunde
Nietzsche'scher Philosophie.

Die Geistesblitze enthalten systematisch gruppirte Aussprüche
folgender Männer:

Biedermann, Bismarck, Björnson, Börne, Büchner, Bulle, Burckhardt,
Campanella, Carrière, Dickens, Droysen, Epikur, Feuerbach, Fichte,
Freytag, Friedrich II., Giesebrecht, Goethe, Gregorovius, Grün,
v. Hartmann, Henne am Rhyn, Humboldt; v. Ihering, Jäger, Jean
Paul, Kant, Lange, Lasker, Lessing, Lichtenberg, Lippert, Luther,
Macaulay, Mill, Mirabeau, Mommsen, Montaigne, Moser, Nietzsche,
Pestalozzi, Pindar, Rabener, v. Ranke, Schäffle, Schefer, Scherr,
Schiller, Schopenhauer, Scott, Shakespeare, Spinoza, Stein, v. Sybel,
Treitschke, Vischer, Georg Weber, K. S. Weber, Widmann.

Die Sammlung ist eingetheilt in die Hauptgruppen:
**Kultur, Geschichte und Staat. — Staat und Kirche. — Zweifel und Auf-
klärung. — Religion. — Aphorismen. — Das Weib. — Aus der moralischen
Welt. — Anfangsgründe unserer Moral. — Vom Genie. — Woher? Wozu?
Wohin?**

Dr. Max Zerbst.

Nein und Ja! Antwort auf Dr. Hermann Türcks Broschüre:
Friedrich Nietzsche und seine philosophischen Irr-
wege. 8⁰ 6 Bogen brosch. . . . . . . Mark 1. —

Dr. Zerbst wendet sich in seinem Buche gegen den Angriff mit welchem
Dr. Hermann Türck vor einiger Zeit Friedrich Nietzsche und seine Philosophie blosszustellen suchte. Dieser Angriff wird als ein **Versuch mit un-
tauglichen Mitteln** bezeichnet und möglichst durch Citate aus Nietzsche
selbst zurückgewiesen.

Indem die letzteren mit dem Inhalt des Türck'schen Pamphlets confrontirt
werden, und dadurch das Ungenaue, Verkehrte, ja Widersinnige von Dr. Türcks
Behauptungen klargelegt wird, weiss Dr. Zerbst zugleich in nuce einen **Abriss
der Nietzsche'schen Philosophie** zu geben, zeigt, wozu Nietzsche Nein
sagt, wo er als Werthzerstörer auftritt, und was er bejaht, wo er Werthe schafft;
daher der Titel **Nein und Ja.** Und hierin dürfte auch der Grund zu suchen
sein, warum das Buch sich über das Niveau einer polemisirenden Streit-
schrift hoch hinaushebt, obwohl es natürlich zunächst als eine solche auf-
gefasst sein will.